仿造品和绚丽多彩的灰

imitation and brilliant gray

[日] loundraw 著

miyuki 译

新 星 出 版 社　NEW STAR PRESS

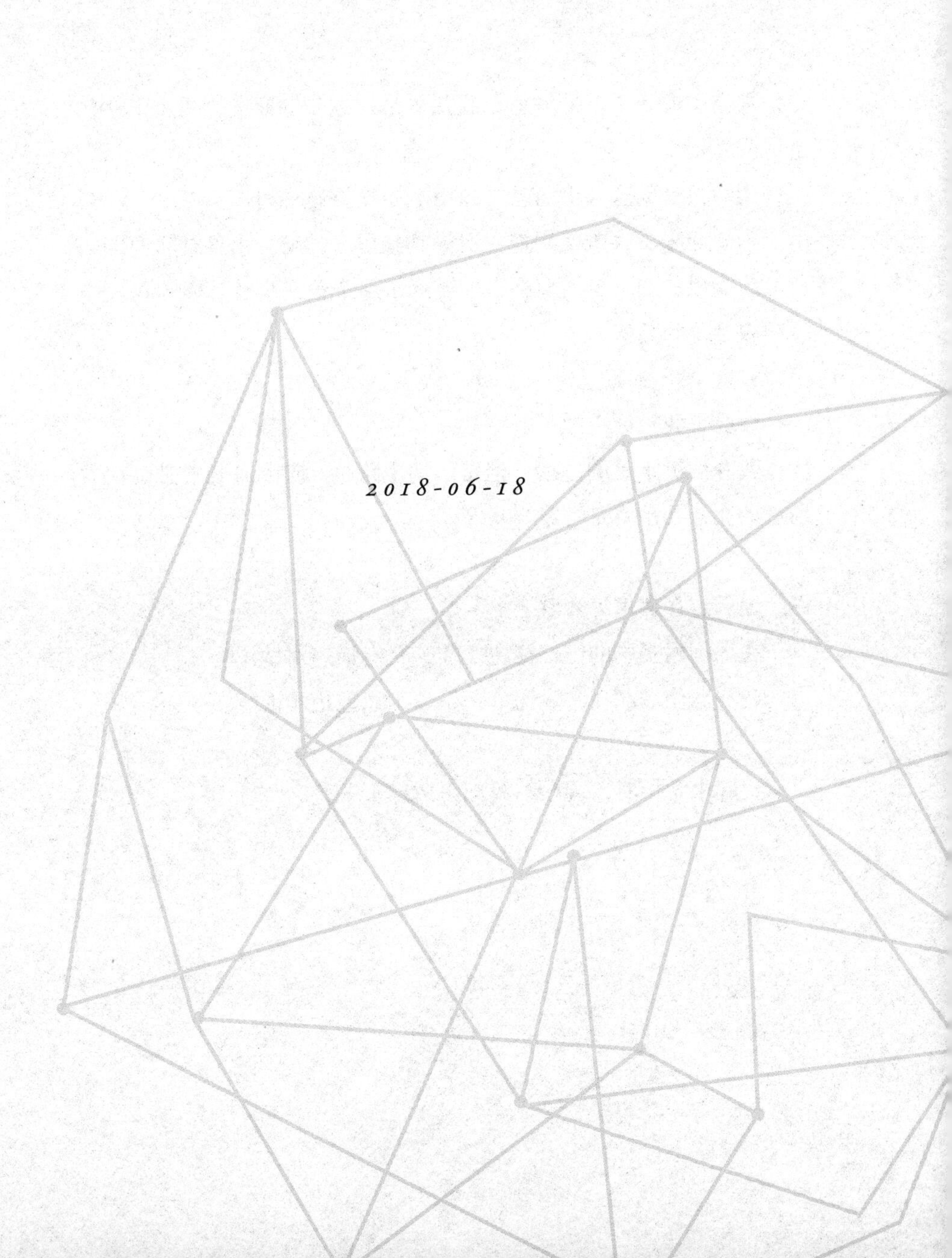

2018-06-18

天空中混入了一抹橘色。我几乎是用跑步的速度，快步走在住宅区的街道上。

明明只是到这里来而已，却用了如此长的时间。

回想起来，大概是她把我引导到这里来的吧。由各种坎坷的经历编织而成的当下，实实在在地教会了那个曾经虚有其表的我——

教会了我活着。

教会了我原谅。

教会了我被原谅。

我并没有十足的把握。但是，那个跨越八年岁月朝着某个地方前进的我，几乎就是答案本身了。

她一定在那里等着我。

在那绚丽多彩的记忆褪色之前，我有话想对她说。

我将悲伤埋藏在心底深处，不以为意地迈步前行。

比起中学生时，现在的我似乎成熟了一些。

2010-06-08

不知何时，水珠已经蒸发，留下了些许白色的印子，窗户玻璃上呈现出斑驳的痕迹。只要被雨水玷污，任何透明的东西都将不复存在。我托着腮，看向窗外的景色，突然听到英语老师的呼唤声——

“嗯，那么，山浦。”

“在。”

教室里响起了挪动椅子的声音。

“你来读一下这句。”

老师抬了抬下巴示意，那是一句英语短句。

It is difficult for me to imitate her moves.

这堂课的内容似乎是不定词。我朗读了这句英语，发音不好不坏，我要让自己表现得平庸一些，尽量不引起任何人的注意。

“It is difficult for me to imitate her moves.”

“嗯，然后呢？”

接下来是句子翻译，我在脑海里搜索着那个单词的意思。

Imitation。

模仿，仿造品，赝品。

也就是说，不是真品。

“对我来说，要模仿她的动作很难。”

“回答正确。”

老师点了点头，我轻轻地拉开椅子。压在笔记本下方的笔芯，已经悄无声息地失去了踪影。

大人们无法理解。

我们会因为一些无聊到让人难以置信的理由，对某人心生厌恶。例如以尖子生自居的行为，或是装腔作势的发音，就足以触碰某些人的逆鳞了。所以，无论被老师点多少次名，无论上多少补习班，我这半吊子的发音依然一点儿进步都没有，我也没有改进的欲望。

虽然这样做就是在绕弯子，但这是最安全的。

每日皆是如此，然而对我来说，这就是全部了。

那天，我第一次翘掉了补习班。

话是这么说，但其实我还是去了补习班的。在上数学课的时候，我将初春举行的模拟考试的考卷塞进书包。正在解答着二次方程的笔尖，不知不觉间变得沉重。这是我一直用的笔吗？我无视这种感觉，继续答题，但最后手指完全写不了字了。

我以前就不时会手抖。上课或是跟朋友玩的时候，我的手一定会麻痹。只不过，当反应过来的时候已经好转了，我便以为那只是肌肉疼痛而已。

然而，这次的情况似乎不太一样。

“山浦，你还好吗？”

数学老师看向我。补习班那些家伙看到我这样，也非常担心地说：

“你脸色好差，还以为你会就这样死掉呢。”

实际上，那时候的我很冷静，因为我知道，只要休息一下就能缓过来。但是——

“对不起，我身体不舒服，今天先回家了。”

我无意识地如此答道。

离开补习班后，我走在堵塞的大桥上，向河堤走去。地面上出现了不长不短的影子，这让我感觉很新鲜，原来自己已经很久没有这么早回家了。在夏日青草的清香中，我逐渐恢复了精神。接下来，要去哪里呢？我不想就这样回家，于是径直走在陌生的道路上。走了三十分钟后，我来到隔壁小镇的商店街，买东西的时候，我与一名小朋友对上了视线。小朋友牵着妈妈的手，一脸幸福。

我的妈妈在拼尽全力地为我规划人生。

我听从她的吩咐，努力学习，考上了不错的中学。接下来考高中，考大学，最后就轮到工作了吧。每当成绩榜上的排名上升时，妈妈就会心满意足地说“保持这个水平就没问题了”。然而，我并没有真正感到开心过。像这样努力学习，然后就职，之后又会是怎样的风景呢？我抱着这种半吊子的态度去上补习班，同时还不想让妈妈失望，这样的想法本身就很有问题。

被踢飞的小石子在柏油路上弹跳了几下，然后掉到水渠中。如果把这份模拟考试的成绩表拿给妈妈看，她应该也会很高兴吧。然后，她会像以前那样给我做我喜欢的饭菜，晚饭大概是汉堡肉。

任性地在外面晃悠的时光即将结束。在我家能看到这片住宅区，穿过这里之后，便是住宅区里的一个小公园。破烂不堪的栅栏，长着杂草的沙坑里有两架黄色的秋千，坐上去之后会响起铁锈摩擦的声音。

等夕阳落到公寓的位置就回家吧。我隐约听到从游乐场传过来的嬉闹声，原来是小学生们在玩捉迷藏。他们轻盈地在狭窄的空间中穿梭，忘我地追逐着彼此的身影。

他们的身影，对我而言是遥不可及的。夕阳已经落到了供水塔的位置了，我依然定睛注视着地面。在我终于下定决心站起身的时候——

“咔嚓。”

背后传来一个声音，我不由得回头张望。

有人站在那里。

因为被照相机挡着，我看不清他的脸。那几乎要把人吸入其中的彩虹色镜头上，映着我那张笨拙的脸。

“啊，抱歉。”

他的声音非常清澈。他放下相机，轻声向我道歉。

原来“他”是女生。真漂亮——我脑海里自然而然地浮现这样的感想。她那深蓝色的眼眸捕捉到我的身影后，露出了顽皮的笑容。她的脖子微微侧倾，富有光泽的长发轻柔地随风飘逸。

“那个——”

“嗯。”

“我可以坐你隔壁吗？”

她毫不犹豫地指了指秋千。我匆匆点头。

“太好了，谢谢你。”

她的脸熠熠生辉。然后，她猛地坐上了秋千。

“傍晚时分，会让人浮想联翩呢。”

她闭上眼睛，抬起头来。虽然是一副高中生的模样，但给人一种成熟的感觉。

“你有什么烦恼吗？”

“为什么这样问呢？”

“因为你看上去一脸阴沉啊。”

“才不是那样的。”

“真的吗？好吧，希望是我的错觉啦。”

她低下头，影子落在了她的鼻尖上。我以为自己惹她不高兴了，但似乎并非如此。她轻快地哼着歌。那是一首西洋乐曲，虽然我说不出歌名，但是似乎听过。她脸上挂着笑容，表情与方才大相径庭。她让我捉摸不透。

“那个——”

“嗯？”

“虽然有点唐突，请问您是……”

“咦？我想想。我算是一位摄影师吧。”

她举起那台带着刮痕，似乎很昂贵的单反相机，得意扬扬地微笑着说。

“我要问的不是这个。”

“摄影就是我的人生价值。”

“这样啊。”

“我想去看各种各样的人和风景。我最近刚搬来这里，暂时在这边生活，同时看看周围的景色。”

她自顾自地说起话来。她似乎是带着那台小巧的照相机，在日本各处游历。“学校和旅费的问题要怎么解决呢？”我这个简单的问题，被她那响亮的声音覆盖了。这一切一定都是真实的。刚刚她那手舞足蹈、顾不上呼吸且忘我说话的姿态，看上去真的欣喜无比。

“……我们曾经约好，一起去看深山里那棵名为妖怪杉树的巨树。她生病了，只有一天自由时间。但我们无论如何都不想放弃，于是清晨五点，我们便一起出发了……”

“清晨五点……”

她不停地讲述着那些非同寻常的故事，我在不知不觉中被吸引了。她说的种种，都是我梦寐以求的经历，她度过的每一天，一定都是多姿多彩的吧。她的世界，让我觉得无比耀眼。

“虽然过程艰辛，幸好我们最后去了呢。那棵树真的大得让人惊叹啊！就算二十个我手拉手，也没法抱住它！”

“啊，抱歉。”

“嗯？”

“我差不多要回去了。”

她张开了双手，路灯照射在她那张呆滞的脸上。热气褪去后的天空湛蓝无比，捉迷藏的孩子们不知不觉间不见了踪影。她环顾四周，摸了摸手臂。

“这样啊，确实挺晚了呢。”

“很开心能听你说故事。”

“真的吗？那还是有说的价值呢。”

她高兴地眯缝起眼睛，将头靠在秋千上。

这个人，大概跟我完全没有共同点。

她不会因为无聊的小事而烦恼或是迷失方向，只会随心所欲地活着。

如果能像她那样，简单快乐地活着，该是多么高兴的事情啊。怀着艳羡不已的心情，我背上了书包。

“那我先走了。”

“啊，等一下！”

声音传入耳中。我回头一看，只见她坐在秋千上举着相机，彩虹色的镜头闪了一下。

“咔嚓。”

“这张照片应该拍得挺不错的。”

她的上半身向后倾斜，动作有点夸张，眼睛睁得圆圆的。

“怎么可能。”

“别一口否定嘛，照片洗出来之后我会给你一张的。”

“嗯。”

“你就期待着吧。嗯，路上小心哦！”

在出口处，我又一次和她对上了视线。她一边挥着双手，一边大喊：

“下次见哦！”

最后，我也朝她挥了挥手。今天的晚饭是汉堡肉。

这句“下次见”的时效，到底有多久呢？

许多“下次见”，都会无疾而终。下次一起学习吧，下次一起玩吧，下次一起打游戏吧……这些无法兑现的承诺，会随着时间的流逝变得模糊，最终渐渐被忘却。更何况，跟我做约定的还是初次见面的对象。从那以后，已经过了两周。

“山浦同学喜欢看什么电视节目呢？”

打扫工作进入尾声，我正在清扫最后的舞台部分，长野向我问道。这周刚换上夏装，她已经扎起了清爽的马尾辫。我不假思索地回答道：

“最近很少看电视，补习班很忙。”

正因为如此，我很在意跟那个人的约定。我回家的路远离那个公园。上周末，我绕远路去那边的时候，那里只有在沙坑里玩乐的父母和孩子。这样下去，我就会忘掉那个约定了吧。很快，那句“下次见”就会消失得无影无踪。

“这样啊。因为山浦同学很聪明嘛。”

我一边点头，一边抖落扫帚上的灰尘。

“但是老师总爱叫山浦同学回答问题，连我也被弄得心惊胆战的呢。”

长野笑着说。她坐在我后面，课间休息的时候，总缠着我教她学习。说实话，我感到有点为难。

“哪里聪明了，很一般吧。”

“哪里是一般呀！你的成绩不是一直都排在前十名吗？”

“之前的期中考，我考砸了，真希望考卷别发回来。”

“还好啦，就算考砸了也会拿高分。下次让我偷看一下答案嘛。”

预备铃响起，我装作没有听到她的话，开始收拾起来。我倒掉畚斗里的垃圾回来后，长野依然在摆弄着拖把。于是，我们又开始了无关紧要的对话。

“我经常看月九剧（**注：日剧专用术语。在日语中，星期一为“月曜日”，富士电视台周一晚九点播出的日剧被称为“月九”**）哦。”

“咦……”

“大志，你们在聊什么啊？”

在我们说话时，亮太和直树从对面向我们走了过来。直树是足球社的社员，连这种时候都在用抹布练习颠球。

“喂，直树同学，太脏啦。”

“知道了，知道了，长野太啰唆了。真不想跟你同桌。”

“对了，大志，你们在聊什么啊？”

“喜欢的电视节目。”

“啊，我喜欢看捉弄搞笑艺人的那种。”

“我也是！戴着眼罩，然后用车拖动一百公斤重物的节目，超级搞笑。”

亮太他们聊得津津有味，我走到一边看了看舞台，那里还放着打扫的水桶。负责打扫栏杆的南和打扫墙壁的本田都事不关己似的走下了舞台。这时，长野拍了拍我的肩膀。

“那个，下周的路演，山浦同学也会去看吧？我很喜欢那部外国电影！”

正准备放好的畚斗从我手中滑落，掉在地板上发出了巨大的声响。又来了……

我背对着另外三人，一边隐藏颤抖的指尖，一边捡起畚斗。呃，她说什么来着。啊，外国电影吗？

“那个系列的电影的确挺有趣的。我应该也会去看吧。”

“看完记得告诉我感想哦。”

“要是我去看的话。”

我敷衍地回答之后，提起水桶，走下楼梯。另外三人都一脸自己还有工作没完成的样子，到最后都不收拾工具。所以，这项工作一直都是我来完成。明明前一阵子班主任发现水桶还没收拾好，说了他们一顿。黑漆漆的水，沉甸甸的。

让人厌烦的事情接踵而来。班会上派发了上次期中考的试卷，这是我有史以来最差的成绩。

“以这个成绩的话，考上志愿学校有点悬啊……”

副班主任兼英语老师的这句话真多余。为了让自己的课程能顺利地进行，在课堂上，他老是让我回答问题。这个不负责任的家伙只有在这种时候才摆出一副老师的姿态。我很想揭发他的丑恶嘴脸，但这个分数并没有什么说服力，于是我只好老老实实地待在补习班复习。

“我回来了。”

回到公寓后，我打开了玄关的门。昏暗的走廊尽头透出一丝灯光，我放下书包走向客厅，妈妈正在准备晚饭。

“你回来啦，大志。”

“爸爸呢？”

“他说今天会晚点回来。”

“这样啊。”

房子里拉上了窗帘，饭桌上排列着餐具。桌上摆着我讨厌的拌生姜，还有酱煮青花鱼。在我倒茶的期间，妈妈已经盛好饭了，晚餐准备完成。

“我开动了！”

然后，我双手合十，煎熬的时间开始了。

“最近学校怎么样了？”

“还好吧。马上放暑假了，也不用去上那些无聊的课，一身轻松。”

我们的对话很平淡。对话总是围绕着“应届考生”和“为考生加油的妈妈”这两个角色该讨论的话题进行。相对的，平时装作看不见的东西反而显得格外引人注目。

“最近都没有买游戏了啊……”不知怎的，我很想说出类似这样的对白。在与“团聚”二字完全扯不上关系的晚饭将要结束之际，妈妈放下碗，面无表情地看向了我的房间。

“对了。”

这句开场白我早就听腻了，所以她下一句要说什么，我已经心里有数。

“期中考试的成绩，该出来了吧？”

“啊，我忘了，等一下给你看。”

我按住了手中那发出声响的筷子，装糊涂地说道。

余下的晚饭，索然无味。

我收拾好餐具后，将成绩单放在餐桌，然后躺在房间的床上，闭上双眼。大约过了五分钟，响起客厅的门把手转动的声音。走廊的脚步声在我的房间前戛然而止。一阵沉默之后，敲门声响起，随后我便听到了妈妈夸张的声音——

“大志，现在有空吗？”

“嗯，我现在开门。”

比起灯光昏暗的房间，妈妈的脸色显得更加阴沉。我避开她的视线，将目光停留在墙上的开关处。

“妈妈，怎么了？”

“你还问我‘怎么了’。”

映入眼帘的是一张纸，上面的内容，我再清楚不过了。

“这次有点粗心大意了。下次会注意的。”

“这可不是‘有点粗心大意’的分数吧。”

“最后的大题一开始就做错了。不过，我之前在补习班的模拟考试中成绩挺好的。”

“就算是这样，学校的期中考试也得保持在前十名。你在学校里都考成这样，模拟考试的成绩还有什么意义。”

这句话的潜台词，简直就像在说我的同班同学都是一群笨蛋。明明妈妈对他们一无所知。

“你说得对。”

“最近没什么精神啊，发生什么事了吗？”

“没什么。”

“有什么在意的事情，你就说出来吧。如果补习班的进度跟不上，我去跟老师反映一下。”

“没什么。”

最后还是离不开补习班的话题。

就算跟妈妈说我想休息，她也肯定不会同意的。话说回来，为什么一开始就说补习班的话题啊。“累了你就休息一下吧”——这种话，就算是谎言我也想听啊。在考试中取得好成绩才是一切。反正我这种人……

“这是为了你好。全力以赴，别让自己后悔。”

所以，这到底是怎么回事？

——“下次让我偷看一下答案吧。”

为什么大家都只想着自己？

我的手在颤抖，呕吐感和怒气涌上心头。

受不了了。

我讨厌你们。

“够了。”

我推开堵在房间门口的妈妈。耳畔传来她摔倒的声音，但我还是不顾一切地踩着运动鞋跑了出去。

“大志！”

我飞快地冲出玄关，眼泪不停地在眼眶里打转。在寒风彻骨的大街上，我像是要逃离什么似的拼命地奔跑着。我埋头飞奔，路旁的景色匆匆闪过，最后在不知名的主干道上停下了脚步。红灯刺痛我的眼睛，喉咙像被灼烧一般发疼。一阵疲劳感和脱力感突然袭来。

我到底在干什么啊？

我已经不想动，不想去任何地方。回家也好，再次跑起来也好，都太麻烦了。一切都变得无所谓了。

一切都消失殆尽吧。

这样，就会变得无拘无束了。

“喂！”

有人使劲地拉着我的手臂。眼前随即掠过一辆汽车，伴随着震耳欲聋的喇叭声，红色的车尾灯消失在黑暗之中。一切都发生在一瞬之间，人行道恢复平静，然后传来一个怒气冲冲的声音——

“明明还是红灯啊，你在想什么呢！差一点就……咦？”

眼前的人是公园里的那个女生。通过她那满怀不安的眼神，我意识到方才自己所做的一切。她稍稍放松了紧握住我的手，然后莞尔一笑。

“我们去散散步吧。”

她放开我的手。现在还是红灯，不过我已经没有横闯马路的心思了。

水面倒映着街头明亮的灯光，河道沙洲浮现出星星点点的倒影。河岸两旁则是另一番景象，在略带青色的昏暗夜景中，传来了声声虫鸣。

“今天果然发生了什么吧？”

她的白色针织衫在夜幕中格外显眼。我走在她后方，和她稍微拉开了距离。因为天气寒冷，她把羊毛开衫借给我了。披在我肩上的羊毛开衫，有一阵甜腻的香气。

“没有，什么都没有发生。”

“欸……这个时间，中学生一般不会在大街上晃悠吧？”

她止住了笑声。

“告诉我吧。我会认真听的。”

她突然停下了脚步，我们之间的距离一下子缩短了。在漆黑的夜幕下，她双唇紧闭，一副一本正经的模样，直勾勾地看着我。

如果是她，应该可以直言不讳吧。

我将今天发生的事，以及与此相关的多年来的生活都一五一十地告诉了她，这些都是我曾经藏在心底深处的秘密。

“原来如此啊。”

“大家都只会说对自己有利的漂亮话，太自私了。同班同学对别人的遭遇置之不理，妈妈除了成绩以外对我漠不关心，我真是受够了。”

抱怨的话语如连珠炮般涌出，清晰地表达着我那绝望的心情。

“这样啊……”

她仰望天空叹了一口气。不知何时，云层已经散开，露出了半轮明月。

“我觉得你妈妈之所以这么做，说到底还是在为你着想。”

“为什么呢？”

“她每天给你做饭吧？这已经很幸福啦，家里有人在等待着你，我真羡慕啊。”

“是我错了吗？”

“我没有责怪你的意思。”

她有点不知所措，焦躁地抚摸着头发。

“学校那边也一样，你很留意周围的事情嘛。”

“要是能不留意，反倒轻松多了。”

只要发现了，就不可能视若不见。而且，别的家伙只会袖手旁观。

“即使是这样，你还是不希望朋友们被妈妈当成笨蛋看待呢。”

“……”

“人心真复杂。”

她那低垂的侧脸显得异常不真实。我觉得是自己让她伤感了，于是慌张地寻找一直萦绕在我心中的矛盾的真面目。

“大概是因为我一直在追求完美吧。”

我无意识地说出的这句话，却自然而然地成了答案。

我拼尽全力想做一个正确的人，在任何人面前都是如此。否则，半吊子的自己会让大家失望，也会失去自己的位置。

然而，当发现自己渐渐变得不像自己，让我心生恐惧。

“完美啊……”

她向前迈出一大步。

“我觉得你已经很厉害了！”

黑暗中传来她的声音。

“如果是我，肯定做不到。就算跟别人在一起，我也不知道自己到底有多了解对方，会担心自己说了什么奇怪的话，也害怕被别人讨厌，总是考虑一些多余的事情。我明明想去了解对方，却总是烦恼自己的事情。所以，你已经很棒了。你已经踏出了第一步，能做到考虑对方的心情了。要对自己有自信。”

这明明是很积极的话语，不知怎的，我感觉有点空虚。

我并不知道，原来她有这样的想法。光是在一旁听她说，都觉得有点难过。希望她能一直保持微笑，也希望自己能为她做点什么。

“我是不是说了什么奇怪的话？”

她一脸诧异，手忙脚乱地捂着嘴巴。我急忙跑到她身边。

“一点儿都不奇怪，而且我已经打起精神来了。”

“什么嘛，别吓我啊。”

她像是放下了心头大石一般，有点为难地笑道：

“但是，太好了！”

她拍了拍我的后背。

刚刚的十字路口和公园相隔不远。她披上了羊毛开衫，坐在秋千上。

“你今天就先回去吧，你妈妈肯定也很担心你。啊，对了对了。”

她从肩上的背包里拿出一个白色的信封，上面贴了银色的封口贴纸。

“这个是？”

“你的照片。之前不是说了要给你吗？”

她心满意足地伸了个懒腰。

“我在这里等你，要再来哦。我还有很多话想跟你说。”

“但是，我还要去上补习班。”

“每天都去吗？”

“每天都去。”

“这样啊，怎么办呢。”

她抱着手臂念念有词。

有没有什么好的办法呢？我想着。

“那个，你暂时不会搬走吧？”

“嗯，暂时不会，还没怎么拍照片呢。提前告诉我的话，可以配合你的时间哦，有什么好主意吗？”

“是的。到下月初的星期三为止，能等等我吗？”

从今天开始的三个星期里，分别有一次模拟考试和期中考试。

“明白了，七月对吧。”

她一边确认日期，一边期待地眯缝起眼睛，挥着手向我道别。

“那我们下次见哦！”

我不想让那张笑脸的主人失望。

回到家后，迎接我的是脸色苍白的妈妈。我笨拙地道歉后，回到了房间。没问题的，我一定会兑现承诺。我一边暗下决心，一边拆开信封。信封里的照片上，映着我那奇怪且有点别扭的脸。

跟“不错的照片”这几个字根本沾不上边啊。

我的嘴角不禁上扬，然后我把照片收进了抽屉。

“好棒，你真的来了！”

七月的第一个星期三，我按照约定，在时隔三周后再次来到那个公园。她看到我的身影后，高举着双手向我跑来，然后迫不及待地问道：

“后来怎样呢？补习班顺利吗？妈妈生气了吗？”

“没有生气。”

就算不去补习班，我也会用成绩证明自己，堵住悠悠众口。受到这种心情的驱使，我将全副心思都放在了学习上。考试的分数已经说明了一切，妈妈也就没说什么了。

“学校那边呢？”

“一切如常，我们的关系本来也不差，也重新决定了负责收拾水桶的人了。”

第一次就由身为提议者的我负责收拾。后来，长野他们表示“大家轮流收拾吧”，赞成了我的意见。

“这样呀，这样呀，总之，很高兴你能来。你看上去也很精神，太好了。”

因为和我再会，她兴奋不已，声音异常爽朗。这不禁让我有一丝内疚。

事实上，根本什么都没有解决。我和妈妈的关系依然原地踏步，收拾水桶的工作也毫无变化，负责的人忘记的时候，还是我负责收拾。只是，以前那种透不过气的感觉稍微改善了，也不再出现手抖的情况。她爬上攀登架，架起了相机。一只老鹰在万里无云的天空上飞翔。

“咔嚓。”

“你喜欢鸟吗？”

翅膀被上升的气流托起，老鹰飞得更高了。她一边凝视着那个越变越小的黑点，一边自言自语般呢喃道：

“我很向往。它们可以不受任何束缚，随心所欲，自由地到处飞翔。”

在我看来，她已经是一个自由的人了。不被日常琐事束缚，悠闲自得地活在自己的世界里。如果这样还不满足，那么她的追求到底是什么呢？我无法想象。

“如果你喜欢鸟，我知道一个好地方。”

“好地方？”

“车站的南边有一座后山，你听说过吗？”

“嗯，骆驼形状的那座山。”

“去过那里吗？”

“没有。”

“每年都会有山鸟在那个山顶的神社筑巢，那些历史悠久的建筑物也很漂亮。”

“哇，第一次听说。”

她站在攀登架的顶端，向着南边后山的方向伸长了脖子。夕阳的余晖映照着她那流畅的下颚曲线，还有横向舒展的浅粉色嘴角。

“谢谢，我下次去看看。”

“那个……”

我的本意不是这样的。

“我们现在要不要一起去呢？”

刚刚的音调是不是太高了？话一说完，我不禁有些在意。

她的眼睛里满是惊讶，然后她微微地点了点头，从攀登架上纵身一跃。

“那我们走吧！”

然后，她迈出步子。

清风里夹带着些许热气。无论是铺上了圆形防滑垫的陡坡，沙沙作响的树木，从树叶间隙中照进的阳光，还是映照着阳光的她的秀发，一切都显得十分通透。

“这条街上还有很多拍照好看的地方。”

“真的吗？快告诉我，快告诉我，真不愧是本地人啊。”

从遇见她的那一天起，我就改掉了低头走路的习惯。昂首阔步时，我看到的街道景色，在未来的某一天，一定可以派上用场吧。

“今天应该去不了那么多地方，我们下次去吧。”

“嗯，下次什么时候去？”

“下周六的十二点出发，怎么样？”

“好的，约好了！”

又要继续努力学习了。我勾住了她伸出的小指。拉钩约定后，她露出了温柔的笑容，再次哼起了歌。

“这是老歌了，你大概不知道歌名吧？”

她突然以年长者的口吻说道。后来，她告诉我那是一部电影的主题曲。

“应该就在这附近了。”

她迫不及待地拿起相机拍摄神社，我则在她身旁寻找着鸟儿。在我凝视着的枝叶间隙之际，有一道鲜艳的影子从中间划过。我发现了——白色的头部，腹部以下呈鲜红色，一直延伸到背部的漆黑线条和蓝绿色的羽毛非常好看。那家伙的飞行轨迹毫无规则可言，在一番斗智斗勇后，我终于找到了它的巢穴。鸟巢里是一群嗷嗷待哺的雏鸟，正等着它喂食。

“在这里。”

“欸？在哪里在哪里？”

她顺着我手指的方向，蹲下身子。我碰到她的肩膀，随之传来一股与羊毛开衫一样的香气。

“真的有啊，太棒了！不过，它们马上就要离巢了吧。”

看着眼前羽翼已丰的雏鸟，她不禁发出叹息。暖洋洋的阳光照在她的后背上，仿佛连心脏的跳动声都听得见。为了不让她察觉，我悄无声息地凝视着她的侧脸。

我们看着忙碌地照看雏鸟的鸟妈妈，过了一会儿后，看准时机离开了神社。夕阳的余晖照进杂木林，似乎是阳光太刺眼了，她把手举在额头上。

“快到魔法时间了呢。”

“魔法时间？”

“就是夕阳西下后的时间。明明没有影子，四周却依然很明亮，这时可以拍到非常梦幻的照片。”

我回想起和她初次相遇那时，天空也跟现在差不多。距离现在不过一个月，我却莫名有种那是昔日往事的感觉。

“对了，那时，你怎么会向我搭话呢？”

能勾起她兴趣的东西，应该数之不尽吧。为什么偏偏是我呢？

她听到我的话后，理所当然地干脆回答：

“因为你那时候看上去无精打采的，我就想，他还好吧。”

她腼腆地整理刘海。她的表情，让我不由得移开了视线。

原来她认真地观察过我啊。

我以为那不过是萍水相逢。

我抑制住自己内心强烈的骚动，斜眼眺望着那道剪影。她身穿泛着透明感的橘色衣裳，正优哉游哉地走在下坡道上。此时，她的思绪一定在我无法触碰的远方尽情驰骋吧。通过她侧脸的影子还能看到在眨眼那一瞬间出现的长睫毛。若不伸手触碰，眼前的人仿佛就要消失在某处一般。

“你有喜欢的人吗？”

我的提问让她措手不及，她瞬间僵住了。

“你觉得呢？”

随后，她低声呢喃道。这句话显得模棱两可，我只好沉默不语。这次轮到她盯着我发问了——

“你呢？”

那双蓝色的眼眸十分纯净。看着她的双眼，我回想起那天我们走夜路的情景，确切的感情顿时溢上心头。

“我——我喜欢——你——”

我的话音未落，就有一阵甜腻的香气渗进鼻腔。

她抱住我的肩膀，凑近我的脸颊。那头长长的秀发就在我眼前摇曳。我哑口无言，只得呆立在原地。耳际传来一个声音。

“我不能回应你的感情。抱歉。”

她微笑着转过身。在说完“下次见”之后，我们就在山脚道别了。

约好的那个周六，我在公园里等她。

我看着写满街道名称的记事本。我能为她做的事也许很少，但也想尽自己最大的努力让她展露笑脸。

她那句低语在我的脑海里挥之不去。

我为自己问出如此幼稚的问题感到羞愧不已。对于旅行者来说，这种恋爱关系只是绑手绑脚的枷锁吧。其实那根本无关紧要。明明只要能和她说话，我就已经心满意足了。

我抬头看了看手表，指针指在了十二点十分的位置。

结果，无论我等了多久，始终没有等来任何人。一弯细长的月亮在天空中探出头来。已经这么晚了，还是放弃吧。我把记事本塞进口袋，站起身来，思索着她爽约的理由。猛地，我惊觉草丛的阴影处闪着微弱的光。在路灯光线的反射下，那道一闪一闪的光线吸引了我的注意力。我走过去之后，看到它的真面目，然后屏住了呼吸。

那是一个贴了银色贴纸的白色信封。

这是她写的信。我忘乎所以地捡起信封，撕开贴纸。在指尖传来如硬板纸的质感后，里面的东西从手中滑落，最后散落在地上。

“这是什么啊……”

小鸟，夕阳，街景。装在信封里的，是我们一起看过的景色。最后一张，是定睛凝视着神社树木的我的侧脸。

照片背面是她留给我的话，只有一行字。

你就是你。

不会吧。

她想就这样结束一切吗？

她就这样擅自踏上了旅途。

至少，我想听她亲口对我说一句道别。这种浅薄的安慰，不过是徒添空虚罢了。果然像我这样的小孩子，对她而言是可有可无的吧。

我被栅栏绊倒，然后一瘸一拐地踏上了回家路。

在那之后，我来过公园好几次，可再也看不到她的身影。

大家都那么任性。

抱有期待的我，就跟笨蛋一样。

叔叔：

我遇到了一个男生。

他非常温柔。明明还是初中生，却很成熟，还给我介绍了街道的各种景点。

我真的玩得很开心。

然而，我伤害了他。

因为我决定要遵守和叔叔定下的约定。

让你失望了吧。真的很抱歉。

追记

你现在，在想什么呢？

从那天起，我究竟能去往何方呢？

千奈美

二〇一〇年七月二十日（星期二）

2017-10-02

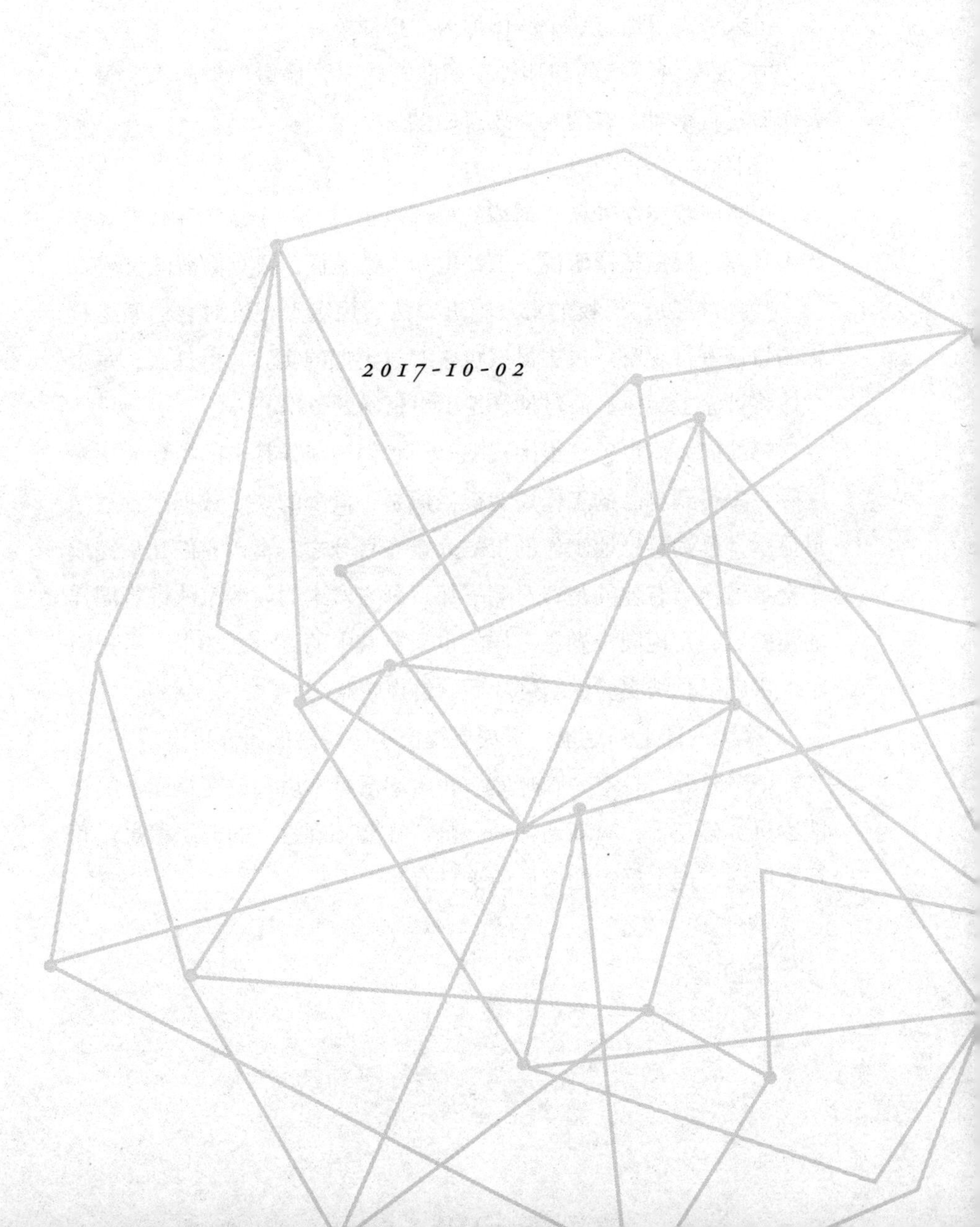

世人似乎习惯将那个群体称为“搭便车者”。

“搭便车者”指的是那种在团队合作时，偷懒耍滑的人。譬如合作搬运行李时，有的人会故意偷懒。

“别称:社会式的出工不出力。”

正当我眺望窗外秋意渐浓的校园风景时，一个意味深长的名词传入耳际。根据教授所说，工蚁也和人类一样，会有偷懒的时候。

“将砂糖放在蚂蚁的巢穴附近，然后用定点相机对它们搬运食物的轨迹进行观察。过去虽然也曾有过类似的实验，但这次，每个个体将被涂上颜色，通过抽样得出更精确的数据。”

蚂蚁们大概也感到很困扰吧。当它们为突如其来的粮食而庆幸之际，怎料到自己的工作姿态被当成是否偷懒的观察数据。观察结果显示，勤勤恳恳地工作的工蚁大概有百分之二十，它们几乎完成了全部工作。有趣的是，对剩下那百分之八十的偷懒家伙进行同样的实验后，发现同样勤恳工作的也只有其中的百分之二十。教授粗略地讲解了总结实验的幻灯片后，铃声响起。

“今天的课上到这里。下周要提交小组课题的研究进度。”

中午时分，教室一阵哗然。我收起活页本后，放在桌面上的智能手机屏幕亮了，有新通知——是“社会心理学”的群组消息。我环顾四周，这个群组的成员似乎只有我一人。

“刚起床。死。”

“刚下课。”

“有点名吗？”

“没有。”

“太好了。”

“课上没发讲义吧？”

“发了哦。你要一份吗？”

“要的！谢谢！”

“没事。对了，下周的小组课题报告，谁来写？”

屏幕上明明显示了好几个人已读信息，却没有收到任何回复。我早就料到结果会是这样了，只能竭力抑制颤抖的手，发送了早已输入对话框的那段话。

“大家轮着写吧，我先来。”

“这样山浦会多写一次啊。”

“没关系。”

“收到。”

何必大费周章做什么蚂蚁实验呢？这种聊天记录就是能上派用场的范例了。

“还在装老好人吗？”

我背后响起一道声音。声音的主人是披着一头中长发的女生，随着那稍稍内卷的茶发的晃动，她从桌子那头探出身来。

“Kami。”

“为什么要自告奋勇揽下这种苦差事啊，大志同学是受虐狂？”

在梳得整齐的刘海后方，Kami那睁得圆圆的眼睛正诧异地看着我。我和她不是同一个专业的，但是在上公共选修课的时候会见面。我们在小组的迎新会上认识，那时候已经有人叫她Kami，于是我也跟着大家一起这么叫了。

“大家互相推托的话会更麻烦吧。”

“好吧，你说得对。大志同学真的太完美了，完美到让人讨厌。”

“谢谢。”

“我还是重申一下好了，这可不是在夸你。”

她一脸嫌弃地站起身来。

“去吃午饭吧？”

“我吃什么都行。”

“嗯，那就吃意面好了。”

随后，她那双皮鞋的鞋跟就“噔噔”地响起来了。

“到外面吃吧。食堂的培根芝士鸡蛋意面总是会煮过头。”

走出礼堂后，我们在校园中穿梭，走在银杏树的林荫道上。午后的风有点刺骨，已经染上秋色的枝头在秋风的吹拂下摇曳着。

“大志同学的暑假是怎么过的？”

“一直在补习班打工。”

“存钱去国外旅行吗？”

“不是。”

“什么啊，太无趣了。”

“那Kami呢？”

“我在实习呀。”

我们大三学生迎来了实习期。在这个时期，我们得为升上大四后开展的求职活动预先打下基础、做好事前准备，从而确定自己人生的方向。Kami追求的似乎不是工资或是年假天数，而是让自己满意的工作。

“工作价值和工作环境更重要。只要足以应付日常生活，我不奢望高薪厚职。所以，我找的是符合我要求的公司。”

Kami有点娃娃脸，平时也多是少女风的打扮，但意外地有主见，而且很执着。她那可爱的外表吸引了不少狂蜂浪蝶，但最后好像所有人都被无情地拒绝了。“喜欢穿的衣服和喜欢的男生类型完全是两回事”——她本人倒是一副满不在乎的样子。她有一位已经工作了的男朋友。在校园里，她几乎总是独来独往，仿佛本来就没将大学生放在眼里。

“不过，大志同学应该不需要实习，应该早就被录用了对吧。”

“没有啊。”

“啊，是吗？”

“不过我也没打算找实习。”

这没有别的意思。我和Kami的追求不同，从另外一种意义上来说，只要到手的工资足以应付日常生活，我觉得什么工作都无所谓。

“咦，完美主义同学是这样的吗？”

“都说了我不完美啊。”

我一边反驳，一边走出校园。我不擅长迈出校门这个动作，因为每次经过这里，都会生出一股自责感——为什么自己会在这个地方呢？

要是没有在考试中失利，也许就不用被这种事困扰了吧。

在高中的最后阶段，我的成绩一直处于瓶颈期，所以从某种意义上来说，这是一个意料之中的结果。当看到第一志愿学校的合格名单中没有自己的考试编号后，我像是事不关己一般冷静。为了避免名落孙山，暮气沉沉的我当即选择了报考私立学校。妈妈提出的复读建议被我拒绝了。要说不后悔，自然是骗人的。但是比起后悔，意兴阑珊之感似乎更胜一筹。

“这毕竟是你自己的人生……”

看着失望的妈妈，我无言以对，也回绝了家里给的生活费，像是要逃离一切似的来到了东京。自那之后过了足足两年半，我一次也没有回过老家。

走进附近的咖啡馆，店员把我们带到了靠窗的位置，窗户上缠绕着常春藤。Kami点了一份玛格丽塔比萨的午市套餐，我吐槽了一句：

“说好的意面呢？”

“对了……你又搞砸了啊。平时明明脑子那么好使，还老教我学习，没想到也会有变成笨蛋的一天啊。”

“你怎么——”

“知道啦。你太一本正经了。”

她打断了我的话，一边说着，一边挠了挠脸颊。

“我就知道大志同学肯定不会那样说。因为你一直都在留意着周围，就算是麻烦的事情，也不会置之不理。我觉得你真的很厉害。”

以前，也有人曾经对我说过类似的话。苦涩的记忆被唤醒了。

夜晚的河床边，那个人的声音……

Kami继续说道：

“相反，有时让人看不透你在想什么呢。你不是偶尔会摆出一副‘放空’的表情吗？”

事实上，我自己也很清楚，那只是对任何事都不抱期待的表情罢了。

这样一来，就不需要为了回应那份期待而付出努力，也不会让任何人失望。

“啊，不过——”

她竖起了手指。

“刚才聊到找工作的话题时，我就在想，大志同学对于自己的事情意外地不在乎呢。口头禅也是‘无所谓’，你就没有什么喜欢的东西吗？”

就算被她这么问，我一下子也想不出来。我一边思索着，一边把肩膀压在常春藤上。她把脸贴近窗户，看着急忙摆正身体的我说道：

“这个，是仿造品啊。”

她用指甲弹了弹低垂的树叶，响起像塑料被弹到的声音。我定睛一看，其他植物似乎也是仿造品。即使不浇水也不会枯萎，真是便利的生活装饰品啊。对其他人来说，我也是这样的吧。

“啊，来了来了。”

看着眼前的玛格丽塔比萨和肉酱意面升起的白烟，Kami兴奋地双手合十。在好奇心的驱使下，我问道：

“Kami，我举一个例子。”

“嗯？”

久违地，我想跟别人诉说那个人的事情了。其实这样没有任何意义，我甚至觉得自己的性格真的很糟糕。我的目的只是想否定那个人罢了。

“比如一个一直对你很好的朋友，有一天突然爽约，然后再也联系不上了，你会讨厌她吗？”

“是什么朋友？男生，还是女生？”

“那就当她是女生好了。”

“这是一个严肃的话题吗？”

“嗯。”

“这样啊。”

她把辣椒酱放在桌上，紧接着皱起了眉头。

“应该是，灰色吧。”

“灰色？”

“对啊，因为我不认识她嘛。说不定她是连夜搬家了，或是得了急病进了医院，不能否定这些可能性。不过，嗯，这种事情也是万中无一的，大概是偏黑色的灰色吧。”

她一口气说完，然后将一块比萨塞进嘴巴。听到她的答案后，我捏紧叉子的手放松了力度。

的确，她所说的也有道理。

回想起来，与我一起走夜路的她，和那个跟我道别的她，感觉判若两人。说不定她不辞而别的背后，隐藏着一些我不知道的秘密。

——你就是你。

我想起写在照片背后的文字。

如果能再见她一面，许多事情都会水落石出吧。

那个人的真面目也好，自己错过事情也好。

要是原地踏步，一切都只是残缺不全的状态。

“怎么了？味道不好吗？”

“没事。超级好吃。”

“什么啊。”

Kami忍俊不禁，我也报以笑脸，然后大口大口地将意面吞下。

然而，事到如今才去追溯往事，已经为时已晚。

那是七年前的事了，她现在身在何方，又在做些什么，我无从得知。现在也不是考虑这种事情的时候，我眼前摆着名为“求职”这个更加现实的问题。

吃过甜品后，我们离开了咖啡馆。

“吃得好饱啊！”

Kami一脸满足。这时，我向她询问了实习的感想。

“大志同学果然很认真啊……”

在揶揄了我一句后，她详细地跟我分享了实习的经历，包括那里有怎样的学生，哪家公司更好等情况。

那天晚上，我们专业组织了聚会，我一反常态地喝了很多酒。在第三场聚会的卡拉OK包房里，我靠在沙发一角醒酒，然后登录了一个可以上传照片的网站。刚入学的时候，跟朋友一起注册了账号，之后就没有登录过。从烤松饼到世界遗产，任何人都可以在这里上传照片，数量庞大的照片杂乱无章地分散在画面上。我漫不经心地浏览着色彩斑斓的光之窗口，突然被一张格格不入的照片吸引，停下了划动屏幕翻页的指尖。

那是一张小鸟的照片，整体呈现橙色色调。鸟的剪影犹如融化的细点一般，它在如火般的夕阳的映衬下展翅飞翔。我滑动滚动条，这个账号里上传的都是小鸟的照片。没有任何留言，也没有任何粉丝。尽管如此，账号的主人还是淡然地持续着一周一次的更新。

我还处于醉酒状态中吧。

当回过神来的时候，发现自己正用颤抖不已的指尖输着信息。

“照片拍得真好。”

发送之后，我冷静下来了。啊，我在干什么啊，要是没发这段话就好了。

然而，我马上又觉得怎样都无所谓，随后关掉了手机。不会有人注意到这种信息吧。我的眼皮沉甸甸地下垂。

“只要祈祷，就会实现……”

我一边听着热情的歌声，一边平静地进入了睡梦中。

在那之后，一周过去了。我正准备起床上学，突然看到手机上弹出一条陌生的信息。

那个账号的主人回复我了。

“谢谢您的留言，我很高兴。”

side. 后藤文香

2013-10-04

教室里一片混乱，与秋日和煦的阳光形成了鲜明的对比。人头和眼珠子散落一地，场面异常诡异，就像在上演猎奇电影一般，嘈杂的声音此起彼伏。为了迎接文化祭，我们二年六班正如火如荼地制作着鬼屋。

"后藤，还有'血浆'吗？"

"储物柜里还有最后一点。优先涂在显眼的地方哦，拜托啦！"

"喂，后藤，仓库里已经没有纸皮箱了！"

"教学楼后面应该还有一点，动作要快啊，不然会被别的班拿走。有什么缺的请大家写在黑板上吧，我明天买回来！"

我一边指挥，一边走出走廊，然后刚好碰上开完委员会会议回到教室的润同学。

"文香，理科教室的人体模型的使用许可下来了。"

"真的吗？太好了。这边血浆不够用了。"

"不会吧，之前不是买了很多吗，是不是浪费了不少啊？"

我和他被大家推举为文化祭的执行委员，而这份工作比想象中忙碌。包括材料采购，预算管理等，有数之不尽的杂事。

"就剩两周了，一起加油吧。我们一定能做出超级棒的鬼屋。"

"是啊。"

他擦了擦额头的汗珠，眼尾处起了几道褶子。他实在太耀眼了，我不由得定睛凝视。教室里出现一阵骚动。我诧异地回头张望，原来大家都被慰问品给吸引住了。看到站在人群中间，拿着超市塑料袋的身影后，身旁的润同学瞬间从我身边消失了。

“千奈美，今天来学校了啊。”

“嗯，一直没帮上忙，很抱歉。”

“没事。啊，我能拿一块巧克力吗？”

“随便拿吧，我买了很多。啊，后藤同学！后藤同学也来吃点零食吧？”

那家伙正朝我挥手，我觉得心中有一股刺痛感。

为什么要回来啊？只要那家伙不在，今年的文化祭就会完美无瑕的。

她是在六月左右转到这所学校的。

“我叫伊藤千奈美，请多关照。”

她鞠了一个躬，露出干净的笑容。她美丽可爱，有一头齐肩的亮泽秀发，还有一双大大的蓝色眼眸，那出众的外表让我不禁看得出神。女生尚且如此，班上的男生对她感兴趣，自然也不足为奇。

“千奈美为什么总是带着相机呀？”

“拍照是我的兴趣，在学校也想拍呢。”

“你经常搬家吗？”

“嗯，所以可能不会在这边停留很长时间。啊，抱歉，等一下再聊。”

她突然从座位上站起身来，单手勾着相机的带子一晃一晃地走出教室。她总是这样。明明大家跟她聊得正欢，但随心所欲的她根本不以为意，完全没有搭理大家的意思。

“千奈美真是一个神秘的女生啊。”

正在缝制白色衣服的优子说道。然后，正在捏黏土的小珑也停下了动作，倚在墙边附和了一句：

“的确如此呢。”

优子和小珑是我升上高二的时候认识的朋友，一个是现役的读者模特，一个是年级屈指可数的优等生。水平如此高的这两人与平庸的我意外地意气相投，弄得我像是进入了一个格格不入的圈子一般。

“那么可爱的女生，无论做什么都会被原谅吧。她比我的朋友们都要好看。”

“而且还很聪明呢，之前我还拜托她教我数学。”

就算在班里的风云人物看来，她也是不可忽略的存在。虽然她偶尔会迟到，但果然成绩好就是免死金牌，老师们也不会发火。这么任性妄为的人，大家也会原谅吗？正当我闷闷不乐的时候，润同学已经结束了和其他班级的讨论，回到了教室。确认完用来做过道的黑色墙壁的情况后，他便在那家伙旁边蹲下。那家伙正在教室一角剪纸皮箱。优子越过人群看到这一切后，露出了苦笑。

“话说回来，润那家伙太容易被看穿了。”

“大概全班都察觉到了吧，除了千奈美。”

润同学沉默地开始了自己手头上的工作。然而，从他的眼睛不时瞄向千奈美的举动看来，他对她的心意自然不言而喻了。

“不过我们还是先担心自己好了。篝火晚会要和谁跳舞呢？”

“优子的男朋友不是隔壁班的吗？跟他跳就好啦，还担心什么啊。”

“那样很麻烦啊。小珑，要不我们一起跳吧？”

“优子对我来说没有吸引力啊。”

“你这家伙！”

文化祭一共举行三天，在最后一天的闭幕仪式上，全校的学生会在校园里围着篝火跳舞。以前只是跳普通的民族舞蹈，不过不知从何时起跳舞的方式也变得不受限制，在舞会上邀请意中人一起跳舞也成了学校的传统。

“文香的目标是哪个男生啊？”

优子坏笑着问我。

“没有目标啊。”

听到我的谎话后，她一脸失望地嘟起嘴，晃动着缝制完毕的衣服袖口。

“什么嘛，还想着给你加油打气呢。”

“不可能的啦……”

我含糊地笑着回答。

因为，我喜欢的就是润同学。

“还剩一周啊，开始紧张了呢。总之，现在需要胶带和二十张画纸，还有……”

润同学一边自言自语，一边在笔记本上做记录。放学后，我们在家庭餐厅里，为了最后阶段的冲刺整理目前的情况。

“话说回来，时间真的挺紧张啊。还要通到视听教室去，真的太难了，希望最后能顺利完成吧。”

“没问题啦，明天开始也不用去社团活动了。”

“的确啊。这阵子因为社团练习，我有时没能兼顾这边，抱歉啊。”

“没事，不用在意。我的时间比较多。”

润同学真的很帅气。细长的单眼皮就不必说了，最吸引我的是他那凡事认真努力的性格。明年，他大概就会当上篮球队的队长了。

“文香，你要喝点什么吗？”

润同学拿着空空如也的玻璃杯站起身来。

“啊，那就姜汁饮料好了。”

我顺势伸出的手碰到了润同学，随即又条件反射地缩了回来。幸好他并未察觉，看着他朝着饮料区走去的背影，我捂着脸颊开始暗自思索。

我也该习惯了吧。最近我们独处的机会增加了，但这一切都是为了文化祭，绝对不能让他察觉到我的感情。

润同学两手拿着饮料回到位置上。他看着夕阳映照下的街道景色，无意中说道：

“最近好冷啊……”

这个侧脸，果然是我喜欢的类型。

“千奈美，有没有喜欢的人呢？”

他小声嘀咕着。

我的思绪也和碳酸饮料的泡泡一起崩裂了。

“为什么问我呢？”

“因为文香和千奈美是好朋友嘛。”

那家伙明明不想融入班集体，为什么偏偏要缠着我呢？因为不想辜负大家的期待，所以我也不能对那家伙置之不理。连同这种麻烦的地方在内，都是我讨厌千奈美的原因。

“她好像，没有男朋友吧。”

我尽量压低声音回答。尽管如此，润同学还是回了一句：

“这样啊！”

他像是在自我暗示一般，细细斟酌着我的回答。

“我打算在篝火晚会上向千奈美表白。”

虽然我早已做好心理准备，但听到他亲口说出这番话，果然还是很难受。

我到底哪里比不上她呢？不过，要是向他坦白心迹，毫无疑问，我们的关系会变得很尴尬。大家为了文化祭努力了那么久，怎么能在最后关头给大家添麻烦呢……我努力抑制住快要溢出的痛苦之情，回了一句不痛不痒的话。

“这样啊。”

教室的布置与我的心情如何毫无关联，现在已经俨然是一副鬼屋的模样了。优子试着画上了特殊的妆容，化身为可爱的小幽灵；小珑制作的道具手腕也达到了可以以假乱真的高水准。其中最引人注目的，要数打算悬挂在出口天花板处的妖怪了。在美术社成员的带领下，大家制作的纸模型的成品质量奇高，与其说可怕，不如说帅气。虽然有点偏离主题，但只要大家高兴就好。这时，正在贴纸的女生回头看向我，一副很不好意思的样子，双手合十对我说道：

“后藤，我们还有经费吗？材料不太够。”

信封里的经费还剩一点，其他小组的材料已经够了，花掉预算应该没关系。

“那我去买回来。只要日本纸和竹签就可以了吗？”

“钱还有剩的话，麻烦买一点油漆吧。”

要我自己一个人把这些东西搬回来似乎有点勉强。

“有人跟我一起去吗？”

我吆喝了一声之后，只见千奈美顺势举起了手。

“我的工作基本完成了，接下来也没别的事。我去帮忙拿东西可以吗？”

“嗯，那你跟我来吧。”

我快步走出教室，生怕被别人看到我那眉头深锁的脸。

我们在文具店买了竹签和日本纸，在百货店买了红色和黑色的油漆。走出店铺时，太阳已经西斜，吹起了清凉的风。

“后藤同学，我来拿重的那一袋吧，毕竟我是来帮忙拿东西的。”

“不用了。”

回绝她后，我迈步向前。千奈美有点难堪地跟了上来，她两手拿着几乎空无一物的袋子，空得连里面物品摩擦的沙沙声都能听见。

“鬼屋的成品应该会很不错呢。”

“是啊。”

“后藤同学太可靠了，干活又麻利，大家都很信任你呢。”

“谢谢。”

“还有三天就到学园祭了啊，我第一次参加，非常期待。”

“既然这样，那筹备阶段你也来帮帮忙啊。”

我微微发了一下牢骚。千奈美明明很闲，但在做准备工作的时候却老是不见踪影。

“抱歉，我有事要忙。”

“你说的有事要忙，就是拍街道的照片吗？”

我在购买材料的返程途中，曾经看到她在神社拍照。明明大家都利用社团活动和补习班的时间见缝插针来帮忙，她却在没心没肺地玩。拍照什么的，随时都可以拍吧。但是，文化祭就只有这么点时间了啊。

“你说得有道理。不过，对我来说那是很重要的事情……”

她这种含糊的回答像是要博取别人的同情一样，让我不禁怒从中来。

“为什么千奈美这样的人……”

我不自觉地说出了这句话。他是这样，大家也是这样，为什么会原谅一个性情不定的人啊？

“后藤同学喜欢润同学吗？”

那家伙的话让我措手不及。

我狠狠地瞪了她一眼，以此来掩饰自己屏住了呼吸。

“为什么这么说？”

“不是吗？”

“不是。”

“但是……”

“这件事你没跟别人说过吧？”

“果然是这样吧？”

“都说不是了。”

“但是，后藤同学一直在留意润同学吧。”

“我没留意他。”

“是吗？”

“我不是说了没留意了吗？”

我情不自禁地大喊。

“为什么你老是会让我如此恼火啊？适可而止吧，润同学喜欢的是千奈美——不要逼我说出这个真相。”

我向着她那似乎因为太过惊讶而僵住了的脸，饱含怒意地说了个痛快。

“你能不能好好动动脑筋啊，老是给别人添麻烦。”

那家伙似乎很难过地苦笑了一下，然后低下头说：

“不必担心……抱歉，总是让你感到不愉快。学园祭结束后，我就要转校了，不会再给后藤同学添麻烦。像我这样的人出现在后藤同学眼前，真的很抱歉。”

千奈美要转学的消息传出后，大家都非常难过。因为想着“一起来为她留下最后的回忆”，一股新的团结感将班里的人凝聚起来了。不知何时，完成鬼屋又多了一层别的意义。

“好壮观啊。”

小珑环顾教室后小声嘀咕道。为了完成任务，教室里的所有人都在埋头苦干。

“有点青春的感觉呢！”

优子一边说，一边继续着手中的工作。墙壁立起来了，灯笼挂起来了，装饰也摆起来了。关上窗户后，站在开关前的润同学高声喊道：

“关灯啦！”

灯光渐暗后，欢呼声四起。

以文化祭的展品标准看来，这个完成程度堪称完美。无论是小道具的真实感，还是营造的氛围都无可挑剔。在所有人看来，明天成功正式登场似乎已是不争的事实。大家都对成品赞不绝口。然而，为什么呢？明明已经拼尽全力了，但我总感觉无法高兴起来。

“现在时间还早，不如一起去庆功吧！”

有人提议道。这个提议得到了大家的响应，然后大伙都麻利地开始了收拾工作。我正在关窗户，突然看到了润同学在向那家伙搭话。

“千奈美要一起去吗？”

“嗯，我想去。”

“太好了！你马上就走了，大家还有很多话想跟你说。”

大家吵吵嚷嚷地离开了教室。润同学停下脚步，回头对我说道：

“文香也会去吧？”

看着眼前这张放松的笑脸，我深刻地体会到他有多喜欢千奈美。

“抱歉，我等一下再去。这边还有一点东西要收拾。”

“就剩一点了，明天再弄也来得及吧，跟大家一起去吧。”

“不，我还是收拾完再去吧。”

“那我也来帮忙吧。”

“不，你们先开始也可以呀。两个执行委员都不在，大家也兴奋不起来吧。”

润同学点点头，再三叮嘱我工作做完后一定要去之后就离开了。黑暗中只剩下我独自一人，我将剩余的材料塞进了垃圾袋。埋头收拾散落一地的废弃材料时，我突然感觉脸颊上有泪珠滑过。

我想做的到底是什么呢？

一直以来，我一味压抑自己的情感，然而最后只是痛苦罢了。既不能坦诚地和大家分享喜悦，和润同学的距离也依旧原地踏步。

付出了如此多，却没有任何回报，那这个文化祭对我来说到底有什么意义啊？

我破罐子破摔般将木板向地板砸去。被撞击后的木板反弹到了墙壁上，随后有东西掉落。啪嗒一声，背后传来了让人不悦的声音。

“啊……”

掉落的是出口处的妖怪纸模型。纸模型的鼻尖重重地摔在了地上，那被毁了一半的模样看上去无比可怜。大家充满自信的作品被我毁了。

“后藤同学？”

一个声音传来，随后出现的是返回教室的人影，那人有着一头亮泽的头发。

“为什么千奈美会在这里？”

“我忘记拿东西了……咦？”

那家伙注意到被压得扁扁的纸模型，一脸诧异地向我走近。

“那个是……”

“停下，别过来。”

“但是——”

我不想让千奈美再向我靠近一步，但她的眼睛里分明写满了拒绝。什么啊，偏偏在这个时候装什么正义之士啊。

“都是千奈美的错。”

就是这样。

“要是千奈美不在，所有事情都会顺利进行。鬼屋也好，润同学也好，我明明已经拼尽全力，就是因为你的肆意妄为，我才会控制不住自己。”

我毫不犹豫地将垃圾袋向着千奈美扔去。紧接着传来了油漆罐的低沉声音，那家伙按住了肩膀。我揪住了她的领口，尽全力将她按在墙壁上。

“每当千奈美在我眼前出现，我就会觉得自己是一个笨蛋。明明我一直先人后己，把班里的事情放在第一位考虑，但大家都只在意你。我越努力，就越痛苦，这种滋味你懂吗？只要你在我身边，我就觉得脑子都变得不正常了。”

一直珍惜着大家的人，一直想着润同学的人，明明都是我。

但是，为什么大家总是离不开千奈美啊？

“你就这样，随意践踏别人的感情度过一生好了。”

我抓起书包从教室飞奔而出。无论我怎么擦拭，眼泪还是止不住地从眼眶里溢出。

那些被我埋藏在心底深处的思念也好，大家的努力也罢，都在一瞬间毁掉了。

一切都结束了。

文化祭，我自己，一切的一切。

我一夜未眠，早晨如期而至。虽然想过请假不去学校了，但今天老师要来作最后的检查，我必须到场。我只能拖着沉重的脚步迈过校门，心惊胆战地一步一步走上楼梯，然后看到教室门口聚集了许多人。

“啊，文香来了。”

优子看到我。我害怕得两腿发软。她一脸严肃地向我跑来，语速飞快地说道：

“你快过来，没时间了。”

她牵着我的手跑进教室，只见已经先到一步的同学拆除了一部分通道，以此腾出空间，在那里重新制作纸模型的脸部。

“我一早来学校就看到千奈美在忙活了，她说自己撞在纸模型上，把它弄坏了。”

“也许是天花板的钉子松了呢。早知道应该好好检查。”

小珑拿着装了溶解糨糊的容器走了过来。千奈美趴在地板上，一本正经地把报纸贴在模型上。

是千奈美弄坏的？

“吹风机借回来了！”

润同学喊道。他站在我隔壁，一边将插头插在插座上，一边指挥着男生们。

“文香也来帮忙吧。我们分成三部分制作，最后连接起来。”

“肯定来不及的。”

“总比坐以待毙好吧。我们在文香的带领下坚持到现在了，大家都不想放弃。”

润同学看着大家说道。眼前的一切让我坐立不安，于是我如同离弦之箭一般飞奔出教室。

“文香？”

“我去拜托老师，让他最后再来检查我们班。一定没问题的，所以大家继续手上的工作吧。”

我终于恍然大悟，自己的所作所为有多愚蠢。

尽力而为吧。

相信大家，然后去做自己力所能及的事情。

虽然不能恢复到跟原来一模一样，但纸模型的修复奇迹般地赶上了最后检查。幸好过道的灯光昏暗，连接处的痕迹并不明显，要是不定睛注视，应该难以察觉。我们班的鬼屋大受欢迎，每天都大排长龙。虽然应接不暇，但我们也会忙里偷闲，跑到其他教室转悠。我看了小珑的乐队演奏，还和优子一起看了捧腹大笑的单口相声，回过神来，为期三天的文化祭转瞬即逝。

闭幕的铃声让人伤感。我们一边沉浸在世事无永恒的悲伤中，一边前往操场。文化祭即将迎来高潮。太鼓响起，一名举着火把的男生来到了木架前方。在一片欢呼声中，他用火把点燃了木架，将近傍晚时分的天空中火花飞舞。

"终于到这个时刻了啊。"

小珑的话音刚落，随即响起了欢快的音乐声。渐渐地，我们便在木架四周围成一个圆圈，形成了一对又一对的组合。

"喂，看那边。"

我顺着优子指的方向看去，原来是映着火光的润同学和千奈美。同班同学注意到互相凝视的他们后，都纷纷停下了脚步。我们走了半圈终于追上了大家，然后在圆圈的边上注视着他们。

"那个……"

润同学似乎很紧张，还舔了舔嘴唇。

"我很喜欢千奈美。虽然接下来我们不能经常见面，但是可以请你跟我交往吗？"

润同学气势十足地伸出手。男生们都在起哄喝彩，女生们则一脸不安地面面相觑。千奈美一直凝视着他，其间只眨了一次眼睛，然后沉默地低下了头。

“谢谢你的心意。但是，很抱歉。我有喜欢的人了。”

话音刚落，她就跑起来了。她毫不犹豫地向着我的方向跑来，然后在擦肩而过之际牵起我的手。

咦？

我们无视一脸困惑的众人，旁若无人般跑了起来，从人群中穿梭而过。我们一直跑，最后在圆圈的中心位置停下，那里散发的热气几乎能把人融化。她笑着说道：

“一起跳舞吧，我一直都希望能像现在这样跟你说说话。”

我一边感受着掠过脸颊的摇晃感，一边在千奈美的带动下踩着小碎步。高昂的情绪凌驾于害羞的感情。

“为什么千奈美要替我隐瞒呢？”

她考虑了一会儿，回答道：

“我能做的，只有这点小事了。”

千奈美注视着火苗，她的侧脸有别于平常，似乎有一个影子。

“拥有这种性格的我，是搞砸各种事情的罪魁祸首。我承担相应的责任也是理所应当的。”

“是这样的吗？”

“后藤同学之所以会先人后己，是因为你觉得润同学和班里的同学都很重要。你能如此直率地喜欢身边的人，所以这种程度的回报，你受之无愧。”

她的话没有半点含糊，让我不明就里。

“千奈美太纯粹了。”

然而，那种表里如一的性格才是她的人格魅力吧。她一直都率真坦诚，有着贯彻自我的优点。我们十指紧扣，她轻轻地摇了摇头。

“不是那样的，我更想成为像后藤同学这样的人。”

“但我很羡慕千奈美呀。”

她说道：

“因为，如果能像后藤同学那样，守护比自己更重要的人……”

我说道：

“因为，如果能像千奈美那样，为了自己而活……”

“我就能更加昂首阔步了。”

我并不是认可她，而是真心羡慕她的生活方式。我不可能成为千奈美。但是，我会用自己认为正确的生活方式追上她的脚步，甚至超越她。

“已经到尾声了啊。”

千奈美抬头仰望夜空。

我们将自卑感以及只属于我们的秘密暗藏心底，一直跳着舞。

我们没有将内心的感情写在脸上，只是一脸心满意足的表情。

叔叔：

小千一直想过的“学生生活”到底是怎样的呢？因为太在意，不知不觉就停留久了。

牵起后藤同学的手后，我体会到了生活不易。那里，果然不是适合我的地方。

为了守护重要的人和物，有时谎言也是必要的。善意的谎言，有时也是一种善良。我有点明白叔叔所说的话是什么意思了。

那天，如果我也说一个善意的谎言就好了。

那天，我对他说的话，不过只是自我满足罢了。

千奈美

二〇一三年十月二十九日（星期二）

启动检查应用程序。

输入装置无异常。

传送测试中……

无异常。

启动数据记录器。

操作正常。

请开始下一组抽样。

side. 武田佑太郎

2015-12-15

side.武田佑太郎
2015-12-15

午后，我走出家门，坐上了百合海鸥号（**注：连接东京市中心和临海城市中心的新交通工具**）。我很想看海。大概是因为呼吸新鲜空气的机会减少了，我对季节的敏感度也变得迟钝，只穿了一件大衣，感觉有点冷。

从公司辞职，转为自由职业者已经过了两个月。有工作，也有时间，生活变得宽裕了。我再次体会到，若只需要朝着属于自己的未来奋斗，日子原来会变得如此轻松。

我一边眺望着飘着雪的东京湾，一边想着梶谷的事情。他是我的好朋友，同时不知不觉间成了我的工作伙伴，我不在办公室的日子里，他在想些什么呢？窗户玻璃因为我的吐气结上了一层白雾。过去，我对他的心思了如指掌，但现在，我连他的内心世界都无法想象。

“我们一起创业吧！”

大学三年级的那年冬天，梶谷来我家做客时，对我说了这句如漫画台词一般的话。我的眼睛没有从电视屏幕上的年末特别节目中挪开，我回答道：

“你是撞坏脑袋了吗？”

“不是啦，笨蛋。我明明在认真说话，你才撞坏脑袋了吧。”

“既然是认真的，你就拿出认真说话的态度啊。”

那家伙自说自话地一口气喝光了冰箱里的牛奶，然后钻进了被炉。他哗啦哗啦地翻起了桌上的漫画，我等得不耐烦了，向他发问道：

“那你想开什么公司啊？”

“网络应用程式。”

“你说认真的啊？”

“那当然。”

那家伙的眼睛炯炯有神，他指着我说：

“你在编程这一块是天才啊，我又会网络设计，所以绝对能成功。那些面面俱到的家伙，反正最后就是当一个平平无奇的公司职员罢了。”

的确，梶谷有着高超的网络设计能力，高超到我一度怀疑他为什么不去考艺术大学。虽然编程技术比我稍逊色，但是他有丰富的审美能力和发散思维来弥补。如果和他一起创业，一定会十分有趣吧。但是——

“求职活动怎么办啊？”

“肯定不去啊，我们要开公司嘛。”

“我的工作已经定下来了。”

我通过了早期录用，获得了外资公司程序员一职的内定。

“你果然很厉害啊！”

梶谷先是赞叹不已，然后皱起了眉头。

“不可以拒绝吗？”

“我不想眼睁睁地看着这个机会白白流失。”

“嗯，也是啊，也许会是很好的经验呢。”

那家伙呈大字形地躺倒在床上，闭上了眼睛。他会就这样睡过去吧——我如此想着，然后将视线转向了电视屏幕，忽然听到他小声嘀咕：

“那么，你可以等我吗？”

“什么？”

“我自己开公司。然后，迟早要把你挖过来。要是那时候你觉得可以跳槽了，就辞掉现在的工作吧。”

“嗯，反正对我来说百利而无一害。”

“你这家伙还真冷静啊。哈哈哈……”

梶谷笑着转过身去。

“约好了！”

他背对着我说道。

我漫无目的地走在无人烟的堤坝上。远处是弥漫着白雾的彩虹大桥，海鸥正在空中飞舞。

在开始工作后第三年的某一天，梶谷来办公室找我。他的来意，我早已心领神会。工资不高，员工也都是一些经验不足的年轻人。对比我现在的工作环境，那里绝对算不上好。然而，看着那家伙闪耀着光芒的眼睛后，我毫不犹豫地说道：

“我去辞掉工作。”

与其过着别人安排好的每一天，不如和梶谷一起探索新的未来。那天的我，只是单纯地这么想着。

我坐在长椅上，眺望着翻滚着灰色波浪的大海。和梶谷认识十四年，一起工作了七年。这份一直持续到三十二岁的友情，其结束的方式让人觉得太过莫名其妙。

“那个，您要来点咖啡吗？”

随着声音响起，一个纸杯突然映入眼帘。我抬头一看，是一位拿着照相机的少女。她的另一只手上，拿着与气温不相称的奶昔。

“店员弄错了我下的单，所以把这杯咖啡也送给我了。我想把它送给第一位见面的人。”

“抱歉，我不需要。”

“就当作是我的一份心意，收下吧。您好像很冷的样子。”

她一脸不悦，而且并不打算善罢甘休。接着，还笑着说：

“啊哈哈，您是觉得有可疑，所以不喝？要不我先喝一口吧。”

“好吧，我收下。”

我抿了一口后，黑咖啡的苦涩就在口腔里蔓延开来。少女一副理所当然的模样坐在我隔壁，没等我发问，她就告诉我她的名字是千奈美，因为一个人在旅行，所以很想找人说说话。从她那爽朗的声音看来，她的年龄是十几岁，充其量也就是大学生吧。话说回来，除了工作上的事情，我好像很久没跟别人说过话了。

“武田先生从事什么工作呢？”

“我是一名程序员，现在是自由职业者，在做应用程式和网站的编程。”

我一一罗列了具体的网站名称后，她瞪圆了眼睛。

“好厉害，我也听说过那些网站的名字。”

“不过，有一半功劳是我以前的搭档的。”

她似乎对“以前”这两个字有什么误会，一脸尴尬地道了一声歉。我哼笑了几声。

“别误会，他还活着，只是我们的方向有点不同罢了。”

梶谷和我并肩作战，运用丰富的想象力开发了多个应用程序。经过了多年的反复摸索和多番成功与失败后，倾注了我们多年心血的应用程序终于完成了。

那是一个名叫“PHOTOMENO”的方形照片上传网站。

应用程序简称为“PHONO”，受众群体主要是年轻人。在推出市面后，它势不可挡，就连国外的使用者人数也渐渐上升了。若再加以努力，离PHONO成为一个具有世界性规模的平台就指日可待了。

就在我这么想的时候，事情发生了。

四个月前，有一家公司向我们提出收购方案。对方是国内IT界的龙头企业，他们要求买下PHONO的经营权，并希望我们在品牌创建方面提供协助。

我们立即前往其总公司。经过了几个小时的讨论后，我切实地感受到这个方案的可行性。对方提出的金额比我想象中多了十倍，而且那边聚集了众多优秀的员工，这样的话我们的梦想就能实现了。在出租车上，我正兴奋不已地构想着未来，却听见那家伙的叹气声，似乎流露出一丝可惜之感。

“这件事大概要泡汤了。”

他的理由是，对方提出员工改革的条件。总的来说，就是对方希望裁掉没有实力的家伙。我认为这也是无奈之举，但梶谷不忍心，于是拒绝了这个条件。

“公司能成长到现在，都离不开他们一直以来的支持。成功了就翻脸不认人，这样也太过分了吧。”

“但是，如果和那家公司合作，我们就能开发出更棒的东西了，而且开发资金也很充裕，运营方面根本不需要操心。这难道不是一个充满自由度的建议吗？”

“话是这么说……”

梶谷用中指不停地搓着眉头，这是他烦恼时的习惯。

那之后的两个月，我们一直都在和对方协商，然而在裁员问题上对方始终不肯让步。最后，收购方案也陷入了僵局。我忍无可忍，于是在会议室里向梶谷发问：

“喂，是时候做个了断了吧。到底该怎么做，你最清楚不过了吧。”

随着PHONO上市，公司也取得了让人骄傲的成长，我们甚至租下了整层楼作为办公室。然而，我们也确确实实地感受到，要是继续安于现状，始终会有遭遇瓶颈的一天。现在，打破这个瓶颈的机会，就在我们眼前。

“你想让全世界为之震惊吧？既然如此就不要原地踏步，要进行改革啊。你到底在犹豫些什么啊！”

“那你去说啊，跟员工们说‘因为你们的工作能力不足，公司不需要你们了’。别老是让我唱白脸啊。”

“好啊，那我来说吧。我是想跟你一起开发出新的东西，才辞掉原来的工作的。那些无聊家伙的人生，我一点儿兴趣都没有。”

“混蛋，你刚刚说什么！”

“找茬的人是你吧！”

他无言以对，只是攥紧了拳头，最后挤出一句话：

“这是我的公司。大学那时候，你也没接受我的邀请一起创业吧。这三年，都是我一个人努力熬过来的，你没资格指责我。”

他的这句话让我感到异常难受。

占据内心的愤怒急速地消退，取而代之的是空虚感。我意识到，我们多年的友情中间架起了一道高墙，而此时的我们已经无力翻越。

“我懂了，既然如此，我离开。”

我低下头，只听见那家伙平静地“嗯”了一声。

我当然不会将这一切对初次见面的少女和盘托出，但她似乎已经觉察到了。她缩了缩围着围巾的脖子，一脸心照不宣的表情。我们在一片迷雾中看着眼前来来往往的观光船，最后都看了看已经空了的纸杯底部，不约而同地以此作为分别的信号。

那次之后，她便消失在我的记忆深处。所以，当我的工作用手机响起，听到那句“祝你新年快乐”时，我以为是对方打错电话了。

“哎呀，真是的，不要忘了我呀。我不是还请你喝了一杯咖啡吗？”

如开玩笑般的声音通过话筒传来。她应该是把印在名片上的电话号码记下来了。

“有空的话，陪我去一个地方吧。”

她说道。我不太想去，所以有点犹豫不决，最后为了还那杯咖啡的人情，还是答应了。

我们约在动物园里碰头。她拿着传单走进动物园时，我问她为什么要选择这里。她笑着回答：

“我想看看冬天的动物们。”

她把脸靠近栅栏，只见动物们都在尽情地嬉闹着。她那天真烂漫的样子，让我不禁想起过去的梶谷。

那时，并肩作战三年的同事们，都对我的跳槽表示不解。

“这么突然啊。怎么了？应该没有什么特别不满意的地方呀。”

“没有不满意。程序员们都很优秀，在这里工作也很开心。”

“太可惜了，你明明被寄予厚望，肯定前途无量的呀……”

“别说那些了。”

我并非自己创业，而是跳槽到一家不知名的应用程序公司，在同事们眼里，我大概是一个异类。但这都是一些微不足道的小事。我遵从自己的意愿，选择了履行和那家伙定下的约定。

“说实话，我还以为你不会过来了呢。”

辞职那天的深夜时分，我和梶谷把新桌子搬到办公室时，他低声说：

“这也很正常吧？一边是大公司的软件部门领导，另一边是小公司的代表者。对你来说，这明显没有任何好处。”

“世上所有东西都是从无到有的，对吧？”

梶谷能将自己的决心付诸行动，我打心底敬佩他。与我在公司里看到的那些朝气蓬勃同龄人相比，梶谷也许算不上天才。但是，我很喜欢他的设计，同时也很羡慕他通过不懈努力而累积起来的声望。他有着肩负起其他人的一生的觉悟和炽热的激情，既然这样的家伙已经多番邀请我，我还有什么理由不兑现和他的承诺呢。

“梶谷比我厉害多了。”

总有一天，你会站在更加闪耀的地方。

我就是为了见证那一刻，才来到这里的。

“是吗？”

梶谷挪开了脸，定睛注视着窗外的景色，抽了抽鼻子。

“接下来，去咖啡馆好吗？”

我跟着她吃了蛋糕，看了电影。她兴奋地跑到我跟前说：

“新工作还顺利吗？”

“还好，毕竟工作内容跟之前差不多。”

旧公司的客户给了我很多委托，而且也不用照顾和教育下属，工作进展很顺利。每天的生活和过去一模一样，不同的只是现在只有我孤身一人。

“我也让你帮忙做一个网页好了。”

“我收费很贵的。”

“啊！”

她吃惊的反应很夸张。她特意邀请我出来也好，情绪高涨也好，都是为了让我打起精神吧。她背对着我，将镜头对准寒风中的樱花树。我看着她的背影问道：

“你怎么一直在拍照？”

“我也不知道，为什么呢……”

响起按下快门时干涩的声音。

“要是没有相机，我就一无所有了。只有通过取景器取景的时候，我才感觉到‘原来这就是我的工作啊’。所以从各种意义上来说，我沉迷拍照。”

“原来如此。”

“武田先生为什么还在继续原来的工作呢？”

“我也不知道，为什么呢……”

只要足以维持日常生活，明明做什么工作都无所谓才对。

我缓缓地竖起手机，镜头对准了僵硬的花蕾。

“你在做什么呢？”

“在用PHONO拍照啊。”

“那是什么啊？”

她似乎很感兴趣，于是我便给她看了PHONO的应用程序。通过滤镜进行色调修正后，樱花树的颜色变得均匀和谐。她发出一声惊叹。我告诉她，可以将照片上传到这个网站，然后她就开始下载应用程序，并开设自己的账号。PHONO的技术核心部分基本是我在负责，现在我退出了，它的前景会怎样呢？复杂的怀旧之情占据了内心，我只能看着在操作手机的她。

“等等，这个ID是公开的，所以最好不要使用真名。”

“咦？”

“给我看看。”

我删除了她输入的一行文字，然后在另外一栏重新输入姓名。如果我没有记错，她的全名为伊藤千奈美。

我按下“展示”键。在我输完她的名字时，她突然抓住我的手腕。

“对不起，请再输入一遍。”

“嗯，名字错了吗？”

“没错，但是，拜托了，请再输入一遍，只输入名字就好。”

从她催促的声音里，我感觉到了一份莫名的认真感，于是我再次触碰液晶屏幕。

Ti，千。

Na，奈。

Mi，美。

这时，她突然“啊”地大喊，然后蹲下身子，像是丧失理智般一边摇头，一边抓自己的头发。

“怎么了？”

“抱歉，没事了。”

她抱着膝盖低声呻吟，然后揉了揉眼睛，抬起头来。

她的表情已经恢复正常，我刚才看到的那一幕宛若假象。

我们漫无目的地走在雪花纷飞的大街上。明明车站前面的野外市场人头攒动，稍有不慎就会撞上别人，但我们仿佛与周围格格不入一般。

“我一直以来都是为了自己而活。”

她压抑着自己的音调低语道。

这是她平常的声音吗？听起来有种自嘲感，跟她意外地相称。

“我一直拍照，是因为觉得在这段旅程里，会找到答案。但是，我发现自己一直信奉的原则，原来一切都是徒劳。”

“你不是说过，只要有照片就可以了吗？”

“不是这样的。”

她的声音变得低沉。

“并不是只要能拍照就足够……通过相机，与别人发生连接，只有这样，照片才有价值。如果照片里的人展露的并不是发自内心的笑容，那这些照片最后只会成为我自以为是的产物罢了。”

在她扭曲的容颜背后，是无人知晓的孤独感。突然，一个像是要寻求某种依靠的声音透过围巾传出。

“武田先生，你独自一人的时候都想了些什么呢？”

“我为什么要工作呢？”

就像之前在公司工作那段日子一样，作为一个平平无奇的工薪族，度过一生。平平淡淡地赚钱，偶尔休息一下，最后走向人生的终点。

如果没有和梶谷相遇，我大概只是一个普通的程序员。

“大概……被某人需要这件事本身，对我来说就是不可或缺的吧。”

听到答案后，她平静地回答了一句“这样啊”，然后闭上了眼睛。她那模样像是在对自己做某种忏悔一般，我感到有点不安，于是问道：

“让你后悔的事，已经无法挽救了吗？”

“是啊。”

“为什么这么肯定呢？”

“因为我不可能遇到那个人了。”

她的声调沉重却冷静。她一定是经历了无数次思想斗争后，才决定了要接受过去的一切吧。

“所以，趁还来得及，武田先生要尽力去弥补。”

“我知道了。”

我突然感觉到旁人的气息消失了。回头一看，才发现她在熙熙攘攘的人群中停下了脚步。

“抱歉，我想起还有点事，就在这里道别吧。”

她的笑容有点僵硬。我回答道：

“你在说谎吧。”

她大感诧异，表情有了破绽，抑制不住的悲伤满溢而出。

“为什么要勉强自己笑，到底发生什么事了？”

也许我帮不上忙，但是当一个聆听者还是绰绰有余的。

“你的生存信念到底是什么呢？”

这次，她露出了发自内心的笑容，平静地开口说道：

“我有一个请求，能拜托你吗？”

◆

清晨的阳光洒在柏油路上，路上的雪都融化了。小溪的水流量增加，传来了潺潺的流水声。

我倚着栏杆，低头看着手表。明明提出邀请的人是我，却不禁紧张起来了。

“抱歉，我来晚了。”

梶谷提着手提包从对面走来。我们在桥梁的正中央碰头，上一次见面已是三个月之前了。

“工作辛苦了，要喝咖啡吗？”

“不了，最近在控制咖啡因。”

“这样啊。”

我拿着无处安放的罐装咖啡，缓缓拉开了易拉罐的拉环。梶谷抱着手臂看向了别处。

“对了，为什么要在旧公司附近碰面啊？”

“因为这里离我们的家都很近啊，在上班前的话还能挤出点时间。”

“什么啊，你好像也挺忙的嘛。”

“托你的福。”

我们一直重复着无足轻重的对话。明明不是想跟他说这些的，但为了让紧张得快不听使唤的喉咙冷静下来，我拼命挤出一句——

“抱歉。”

梶谷沉默着，看向远方，后脑勺那修剪得整整齐齐的短发随风摇晃。

“我考虑了很多种可能性。我们就算不合作，也一定能各自活出精彩的人生。就算放任不理，结果也不会太差吧。”

但是这样就失去意义了。

“无论取得什么成就，要是你不在我身边，对我而言那就只是一份工作。我还是想和你一起迎接挑战。”

“如果你勉强自己回到公司，我也不会高兴的。”

“梶谷……”

“啊，所以——”

那家伙一把夺过我手里的罐装咖啡，抬起头来一口气喝光。

“我一直相信你的才华。如果在我的公司，你不能全力发挥自己的才能，那就是我的责任了。”

他一边粗声粗气地吼着，一边擦了擦下巴。要是我说，这是他在掩饰害羞时的习惯，他大概会很生气吧。

“收购的事怎么样了？”

“对方也很坚持啊。不过，也只好随机应变了。”

他抿着嘴，开心地笑了。

看到他的表情，我就知道我们已经重修旧好了。

“又要请你多关照了。”

“嗯。”

眼前有堆积如山的问题需要解决，但是只要我们同心协力，就会拥有强大的力量。作为朋友，作为工作伙伴，前方还有应该完成的目标在等着我们。

一定可以实现的。

只是，要证明这一点，还要花上一点时间。

“不过你怎么会突然改变主意了？你明明是异常顽固的人。”

“和一个女孩子聊了一下，就想通了。”

“谁啊，女朋友吗？”

“怎么可能，只是跟她聊了一下而已，才见过两次面。”

“啊？”

“嗯，发生了很多事呢。”

“总之，要找时间跟那个女孩好好道谢呢。”

“是啊。”

我没有告诉梶谷，这已经是不可能实现的事情了。

我衷心希望，她能得到幸福。

叔叔：

一直以来，我凡事都以自我为中心，给大家带来了很多麻烦。

所以，我在想，如果能为别人付出时间，应该算是一种赎罪吧。原来这是很天真的想法。叔叔的愿望，并不是这种陈旧的东西吧。

我还有未完成的使命。

已经不会和任何人扯上关系了，这是我自作自受的结果。

一定要坚持到最后。

尽管总是会犯错，然而这也是我的存在意义。

千奈美

二〇一六年一月十七日（星期日）

2017-12-05

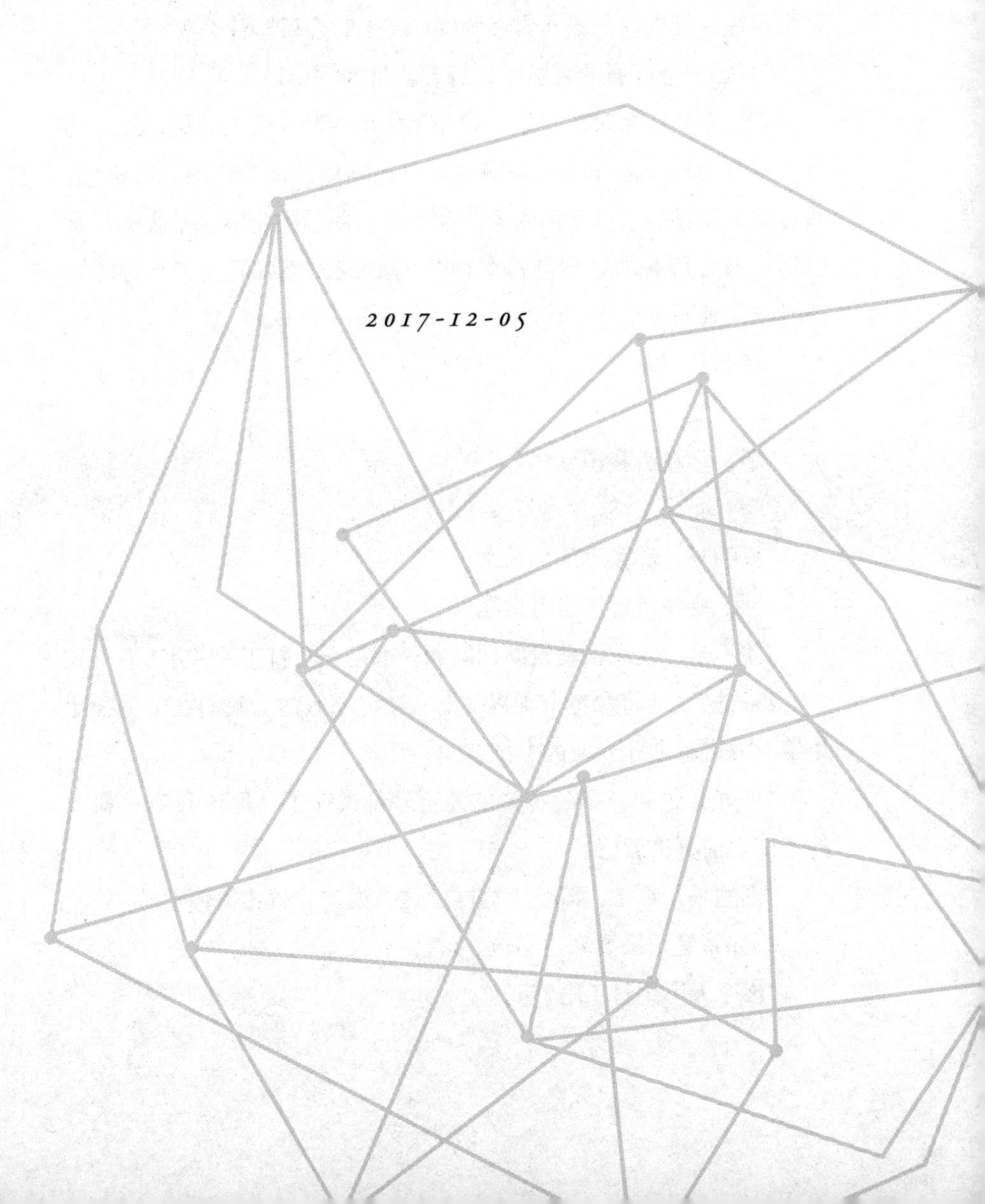

“我的兴趣是拍照。啊，不用我说你也知道了吧，嘻嘻。你看这张照片，最近这只猫非常黏我呢。Tai平时会做些什么呢？”

“我是一个普通的大学生。每天就是上学和打工。”

不知道从什么时候开始，我和上传小鸟照片的人开始了互通消息。不知道该说她谨慎还是懒惰，总是隔三天才给我回一次信息。我习惯在无聊的信息下面附上一张照片，回信的内容就是我的日常生活。对方用我的账户名称“Tai”称呼我。当我问要怎么称呼她的时候，她回复道：

“请叫我‘Ai’。”

“喂，你在听我说话吗？”

“嗯？啊，当然。”

“真的吗？那我刚问你什么了？”

“呃，要我讲解第三道例题？”

“才不是，我压根就没问你问题，都是在吐打工的苦水！”

Kami赌气地将参考书弄得乱七八糟。寒假前，我们在学生餐厅里给对方讲解彼此专业的考试范围。

“不好意思啊，不过该说的差不多都说完了，原谅我吧。剩下的考试之前再讲就行。”

“真的吗？算了，既然大志同学这么说，我就相信你吧。”

Kami将笔记摘要塞进书包。

“你今天不用打工吧？”

她向我确认之后，就让我陪她去购物。我们走出学校正门，向着涉谷的方向前进。

“好冷啊！已经是冬天了呢。”

“已经十二月了嘛。”

“这样啊，已经到圣诞节了呢。一年过得好快啊。”

“Kami，这样好吗？跟我一起逛街，不怕男朋友吃醋？”

“只是和朋友逛街而已啊，没事的。”

我穿着连帽大衣，缩了缩肩膀，浑身颤抖。

“说起来，我还一次都没见过呢，Kami的男朋友是怎样的人啊？”

“硬要说的话就是一般人。一般的公司职员，一般的温柔。”

“这才不叫‘硬要说’好吗？他是做什么工作的？”

“不知道，我也不是很清楚。”

“什么啊……”

在大学里的Kami是一个毫无破绽的完美女孩，在男朋友面前她会是怎样的呢？大概会比现在展露更多的笑容吧。

“话说大志同学是哪里人啊？”

“我是静冈人。”

“这样啊，我是名古屋人。你年底会回家吗？”

“不，今年应该不回了。”

正确来说，是“今年也不回”才对。研讨会和打工——作为不回家的借口，我把罗列着这些义正词严的理由的邮件发给了妈妈。其实我很闲。不过，事到如今，与其寻找回家的理由，不如一个人轻松地待在这边。

越走近繁华的大街，人流就越多。我抬头仰望划破冬季天空的灯饰，突然想起Ai曾给我发过类似的照片。我翻看之前的信息，看到那张照片上的璀璨彩灯，正把某处的繁华大街装点得色彩斑斓。

从照片的氛围看来，会让人觉得这些照片一定出自专业人士之手，但是Ai似乎只是一个十九岁的少女。她住在乡间，每次和家人外出旅行时都会拍照。当我跟她说“我有一个朋友也经常拍小鸟的照片”时，她非常高兴地回复了“真的吗，那我跟她好像很合得来呢”。

看着她的照片，让我回想起初中时遇到的那个人。小鸟的主题，胶卷渗出的色调，还有她哼唱的那首清脆的歌……一切记忆都缓缓苏醒，出乎意料地在我脑海中回放。

我明明已经意识到唤起我记忆的，并不是那段旋律。然而，在几秒钟之后，大街上响起了那首歌。

那个人低声哼唱的那首歌。

“大志同学，你怎么了？”

“Kami，你知道这首歌吗？”

“不知道……”

她摇了摇头。我拼命地集中精神倾听，在喧闹中听到了片言只语，然后将它们串联成几行歌词。我拿出手机搜索，原来那是二〇〇五年上映的电影的人气主题曲。肯定没错。虽然当时我年纪还小，但歌名还是知道的。看到这部电影明年要上映动画电影的新闻后，我得知它还有同名的原作。

“抱歉，我想去一下书店可以吗？”

我迫不及待地拨开熙熙攘攘的人群，看到书店后便猛冲进去。

走过了杂志和新书区域之后，我乘坐电梯直奔到文库本的书架前方寻找。

找到了。

我抽出一本书脊上印着《写给你的秘密》的薄书，作者是北见千冬。在封面的插图上，有两个女孩手牵着手，愉快地朝着开得灿烂的樱花树跑去。

“真是的，你突然跑那么快干吗呀？我还穿着高跟鞋呢。”

Kami喘着气抱怨。我默不作声地翻开那本书，看到梗概后顿时吃了一惊，然后不自觉地将小说放进了书包。

“喂，你这是盗窃啊。”

“啊。”

我慌慌张张地结完账，对一脸诧异地在一旁等的Kami道歉：

“抱歉，我下次再陪你买冬天的衣服了！”

她问我那是一本什么样的书，但我没有回答。因为这件事发生得实在太突然了，我必须先确认一遍。和Kami分别后，我飞奔回家，扔下书包后便开始看书。

果然，我的预感是正确的。

这个故事，和那个人在公园里告诉我的一模一样。因为一个巧合，让体弱多病的由美和爽朗乐观的千里在医院里相遇。两人逐渐成为交心的朋友，千里为了实现由美的愿望计划了一次旅行，但时间在两人身上的流逝速度显然不同，让两人渐行渐远……故事内容就是这样。那个人口中的细节部分可能略有不同，但大致内容和这本小说里的完全一样。

到底是怎么回事？那天她如此忘我地将那个冒险故事告诉我，

只是为了玩模仿游戏，戏弄我吗？

果然，在那个人看来，我不过是“大多数人”中的其中一个罢了。

我躺在床上，手机振动了一下，是Ai发来的信息。

“最近很冷啊。不过因为天气冷，空气也变得清新了，我更喜欢这样呢。”

她附上了一张清晨天空的照片，上面飘着一抹白云。我输入信息的动作迟疑了。我在脑海里反复推敲，想着要给回信缓慢的Ai发送一些更加有条理的回复，但最后还是像以前那样，写下没有感情的字句。

“的确很冷啊。话说，《写给你的秘密》这部电影你看过吗？那是我八岁时上映的电影，所以除了名字以外我一无所知。Ai从前是一个怎样的孩子呢……”

她应该是隔一天左右才会回复吧。我关掉了手机，出神地看着天花板。那几天，跟那个人一起度过的回忆，突然真实地浮现在脑海里。为了排解汹涌而来的空虚感和焦躁感，我从床上坐起身来。

果然还是应该在力所能及的范围内调查一下。

这是七年来，我首次发现关于那个人的线索。到真相大白为止，可以让它一直停留在灰色地带吧。我确认了文库本的版权页，同时给我的专业教授发了一封邮件。

“不过啊，最重要的是将自己想做的事情坦诚地表达出来。我也会支持你的，求职活动要加油啊。”

“好的，谢谢您。”

“嗯，你在这里等我一下。”

学长说完便离开了座位。我在文艺编辑部的会客区，看着他远去的背影。

我依次拜访了大学的各个研究室，最后终于在第三个研究学会里找到一位毕业四年、在某个出版社工作的学长。他特意空出时间，给了我许多在面试和填写应聘申请表时能派上用场的建议，我很感谢他，同时也振作了精神。为了实现另一个目标，虽然成功率只有一半，但是我不能让好不容易抓住的希望曙光溜走。我在脑海里对信息进行了整理，在差不多整理完毕的时候，学长带着另一个人走了进来。

“山浦，这位是佐竹小姐。”

眼前的女士点了点头。她大概四十岁，看上去是一个温和亲切的人。

“敝姓山浦，百忙之中打扰您了，这是我的一点心意。”

我递上了作为见面礼的和菓子。

“你太客气了！”

佐竹小姐微笑着说，然后和我相对而坐。

“你是有事想问我对吗？”

“是的，我想知道这部小说的登场人物的相关信息。”

我把文库本放在桌上。

佐竹小姐是负责《写给你的秘密》的编辑。虽然新装版的负责人不是她，但她似乎也在明年上映的动画电影的制作委员会里。

“故事的女主人公，那位体弱多病的少女‘由美’，就是北见小姐本人吧。”

我是调查了一番之后才得知，这是非常有名的新闻。小说以北见千冬本人的经历为蓝本，是一部近似于非虚构文学的青年小说。她大概是在二十岁的时候写下这部作品，当时她患了不治之症，只剩下几年的时间。

“这已经是二十多年前的事情了……”

佐竹小姐回忆道：

“不过为了尊重千冬小姐和她家人的意愿，有一部分内容不能公开。当时是她本人向编辑部投稿的。公司内部开会后提议，姑且先和她本人见一面后再决定是否出版这部小说。我第一次到她家拜访的时候，她的病已经很严重了。当时，她就连起床点点头打个招呼，都已经很吃力。”

那部小说好像是北见千冬的第一部作品。

网上刊登了她父母的一小段采访，其中提及在原稿完成之前的经过。她非常固执，一直希望这本书能成为话题之作，所以靠着极大的信念，将原本是自叙体的小说进行了大幅修改。当时，作为负责该小说的编辑和她共同讨论的人，就是佐竹小姐。

“我读完小说了，非常喜欢。”

特别是结尾部分让我印象深刻。寂寞的由美，在和千里度过的时光中发现了生活的乐趣。虽然千里后来转学了，但她带给由美的光芒，让由美铭记在心，从此不再对命运自怨自艾，并重新出发。她的姿态，既优美又坚强。

“如果北见小姐听到你这番话，一定会很高兴的。”

佐竹小姐露出了与这番话不相称的复杂表情。作为编辑，作为一个认识她的人，此时此刻她好像在为北见小姐的离世而感到忧伤。要推销既是处女作，同时也是遗作的书，她的心情肯定很复杂。

“真人版电影也大受欢迎，真的成了一部家喻户晓的作品了。她的朋友如果也看到这本书就好了。”

“朋友？”

“是的，千冬小姐住院的时候，好像有一个女孩子经常来看她。小说的内容基本上都参考了那时候的经历。虽然最终以小说的形式呈现，但这部作品其实是写给以千里为原型的那个孩子的吧。”

我还一厢情愿地认为，那是一部描述千冬小姐对抗病魔的日常故事的作品。然而事实并非如此，这部作品其实是北见千冬和一名少女的回忆录。

“您有那个孩子的消息吗？她也许是我的熟人。”

虽然我知道希望很渺茫。小说的第一版是在北见千冬去世的那一年，一九九三年发行的。倘若在我的中学时代，那个外表年轻的她年方二十，那小说推出市面的时候她才三岁，根本不可能是同一个人。而且两人的长相也大相径庭，她和千里唯一的共同点，只是随身携带着照相机这一点罢了。

我只是想知道那个作为小说原型的女孩子的消息，这样就可以掌握一些光从文字无从得知的特征，例如和那个人的共同点或是思维方式。

“抱歉，我也没有见过那个人。不过，北见小姐曾经说过，她给人的感觉就和小说里写的一模一样，是一个天真烂漫而且会将想法付诸行动的孩子。我知道的就只有这些了，帮不上你的忙，很抱歉。”

佐竹小姐一边道歉，一边用眼角余光看了看手表，应该差不多到时间了。

“谢谢。我很期待动画电影。”

“我也很感谢你。”

佐竹小姐温柔地笑了笑。

“那本书原来这么有名啊。我不太看电视，所以不知道。以前总是待在家里玩耍，也经常去奶奶家……”

过午时分，我坐在图书馆，收到了Ai的消息。这次她晚了一天才回复，这种情况之前很少出现。Kami离开了座位，一边放好手机，一边向我走来。

“今天就在食堂解决好了。”

于是，我们走在校园里。

“大志同学圣诞节有什么计划吗？”

“在家里过节。”

“什么嘛，太寂寞了吧。啊，对了，你之前告诉我的那本书，是怎么回事啊？一直被吊着胃口，太痛苦了，你快给我好好说说。”

Kami身穿系着腰带的大衣，手臂环抱在胸前。

“以前，一个陌生的女生眉飞色舞地给我讲了一个故事，但那个故事抄袭了小说的内容，我知道之后很失望。”

“什么啊，那个女生是小说的粉丝吗？”

“应该是吧。Kami有看过《写给你的秘密》这本书吗？”

“没看过。要不是大志同学告诉我，我都不知道这本书还有同名的电影呢。我不怎么看电影。”

她摇摇头。我将视线从她身上挪开。

到最后，那个人只是把我当作打发时间的工具而已吧。

她最后爽约，也是因为对我厌倦了，觉得我很麻烦。

“所以，你现在就把心思都放在了Ai身上呢。”

“没有那回事，我只是自然而然地跟她发展到互通消息的关系罢了。”

“真的吗？不过，如果把对过去的女生的幻想投射在她身上，她也太可怜了吧，你可别这样做哦。”

随着与Ai互通信息次数的增加，我开始把她当作那个人了。她有时会突然就切入奇怪的话题，或是说出毫无拘束的话语，不知怎的就和那个剪影重合起来了。我果然喜欢过那个人。纵使是一段苦涩的回忆，我还是喜欢她，甚至喜欢到会在Ai身上看到她的影子的地步。

虽然是因为这个契机，但我也只是纯粹地享受和Ai聊天罢了。

新年后还不到一周，有一天傍晚，我的手机铃声突然少有地响了起来。

“喂，是大志吗？”

“是的。”

“什么‘是的’啊，你现在过得好吗？”

“抱歉，您是哪位？”

电话那头传来几声“啊哈哈”的爽朗笑声，然后对方说道：

“我是亮太。”

“啊，是亮太啊，好久不见。”

“啊，终于想起来啦？”

他是我初中时的同班同学，一直和足球社团的直树形影不离。

他情绪高涨地继续说道：

“对啊，对啊，就是那个亮太！你现在在干吗？”

他这样的提问方式让我有种不祥的预感，于是我慎重地回答道：

“在做大学的课题。”

“新年才刚开始，你好像就忙起来了啊。会打扰你吗？”

“不，嗯，那倒不至于。”

“这样啊。其实我们现在在举行同学之间的小聚会，刚好聊到你，就给你打电话了。”

“这样啊。”

“大志没有回静冈吗？”

“嗯。”

“你现在在哪里？”

“东京。”

“噢，真的假的？”

亮太提高了嗓音。

“我们也在东京。那你晚上过来吗？我们预约了新宿的居酒屋。”

——哎呀，你们在静冈的话就凑不上时间了呢。抱歉，我去不了，下次再约。

我明明准备好了这样的台词，结果也只能回答：

“这样啊，那我也参加吧。”

“长野同学和直树也在等你哦！”

他说完之后就挂了电话。

“现在去和中学同学聚会。大概有五年没见，有点紧张。”

走出检票口，新年的新宿东出口弥漫着慵懒的气息。我按照导航的指示前往，然后在拉开位于杂居大楼的一家小型海鲜居酒屋的门后，坐在包间的三名男女向我投来视线。

“哇！大志来啦！”

穿着红色毛衣的人向我招手，他身上意外地残留着昔日的影子。不用介绍，就知道这个人是亮太了。脸上带点小雀斑的是直树，他翘起嘴角，“哟”了一声朝我打招呼。

“好久不见啊。自从初中毕业之后就没见过了吧？”

“如果没记错，应该是的。”

“就是啊，大志同学在去年的成人式（**注：日本为祝贺年满二十岁的青年成人而举行的仪式**）也没有回来吧。”

留着一头齐肩的茶色短发的，是长野同学，她向我递来菜单。她比以前显得沉稳多了，就算在大街上碰到大概也认不出来。亮太复读了一年后考进了旧帝都大学，其余两人似乎留在了静冈当地的大学。

“长野同学和直树会经常见面吧？”

我举起酒杯发问，然后直树坏笑着道出真相：

“我们在交往哦。”

我不禁呛了一下。长野同学眯细了眼。亮太则接过话头，一脸兴奋地指着直树说道：

“初中毕业典礼那天，这家伙就告白了。不过大志，你听我说啊，直树真的很过分。在成人礼后的同学聚会上，我对长野说了一句‘直树喝醉酒抽烟的时候绝对会说起你，他真的超喜欢你啊’。然后，长野一副冷漠的样子，还反驳我说‘直树同学不抽烟’，弄得我不停地道歉。”

去年好像也举行过同学聚会。

这些事，我还是第一次听说。不过，大概知道了也不会回故乡吧，但内心还是有一点动摇。关于隔壁班的那家伙的近况，分别之后大家的动态等，一些我记得以及不太记得的人的话题接连不断。直树虽然还在上大学三年级，但已经被一家大公司录取了。不知不觉间，我已经被这三人抛离了一段很长的距离。我耸耸肩，咀嚼着口中的烤鱿鱼。

之后，我们继续喝了很多酒。喝到第三家店时，我便感觉许多事情已经无所谓了，心情也变得舒畅。从洗手间出来后，我看到了倚着墙壁的长野同学。

“啊。”

“山浦同学，你好啊。”

“上洗手间吗？”

“嗯。”

“里面没人了。”

长野同学无视了我的话，有点莫名其妙地侧着头，如撒娇般说道：

“我也许会和直树结婚吧。”

“这样啊。”

“我不讨厌他，我们挺合得来，也没有跟他分手的理由。我们大概会一直在一起吧。不过，这样也好，只要直树对我毫无隐瞒。”

结婚是这么轻描淡写就能决定下来的事情吗？我的意识已经开始模糊，于是不置可否地摇了摇头。我想从她身边走过，长野同学却“嘻嘻”地坏笑着挡住了我的去路。

“其实，我以前喜欢的是山浦同学。”

她的指尖在我胸前划了几下。这个动作来得太干脆利落，让我不禁觉得，对直树有所隐瞒的其实是眼前的她吧。她稍微仰着头，用一双湿润的眼睛注视着我。我后退了几步，然后摸了摸自己的脖子。

“真遗憾，我那时候没察觉到你的心意。”

我的回答似乎让长野同学打心底里感到无聊。在我的胸口还残留着被她指甲刮挠的痛楚时，她说了一句“就是啊”之后，就粗鲁地关上了洗手间的门。我们回到座位上之后，她和亮太开始抽烟。直树趴在桌上睡着了，一边流口水，一边说着类似“我一定会让你幸福的”之类的梦话。我和亮太四目相对。

“他喝醉酒可麻烦了啊……”

长野冷冰冰地笑了几声。

我应该怎么回答才好呢？我嚼着干瘪的烤鸡肉串。喧闹的居酒屋里坐满了醉汉，我抱着膝盖仰望天花板。

十二点过后，聚会终于到达尾声。他们三人各付了几千日元，剩下的零头由我负责，这种操作一直延续到第三家店。长野搀扶着喝得烂醉的直树坐上了出租车。因为马上就是末班电车的发车时间了，我便奔跑着前往车站。亮太目送着我，从口袋伸出手来，吐着白气挥手说道：

“下次再见啊！”

我们“下次”还会见面吗？站在人烟稀少的月台上，我不禁暗想着。

第二天早上，我从宿醉中醒来后，看到Ai的回信。

“忘记跟你说了。新年快乐！我最近都在沉迷看星星。你怎么样呢？初中之后的再会，玩得开心吗？大家果然变化很大吧？”

“对啊。有女同学已经在考虑结婚了，大家的步伐快得让我觉得不可思议。我都没有考虑过那么长远的事情。”

从表面上看大家都变了，但实际上没有任何变化。

大家依然一如既往地自私随性，一味地依赖他人，对其他事情漠不关心。但是，不知不觉间他们都变得成熟了。我有一种落后很多的感觉。

“这样的话，不如从另一个角度看吧。那也意味着未来有各种各样的事情在等着你，这样想不是会开心一点吗？总之，久违的朋友特意联系自己，就是一件很美好的事情。”

我停下了批改补习班的试卷的动作，定睛看着她发来的信息。过了一会儿，我给亮太他们发了一封邮件。

“之前的聚会，我玩得很高兴。”

我还附上了做鬼脸的表情。

我好像有点明白Ai这个人了。她很喜欢倾听别人的话，回信的间隔，也稍微缩短了一点。

“这只猫经常在你家附近呢，看来它很喜欢Ai。”

“的确让人有想抚摸的冲动，不过我想看的是Tai认为可爱的小猫照片。”

“我觉得这只猫很可爱啊。”

“不是这种啦，跟我说说你的事情嘛。”

我的爱好，想做的事情，她想问的就是这些。

“我最近一直在看美国动画电影。”

“噢，有点意外呢。”

“我想去泡温泉啊。”

“很不错呢，想去不为人知的温泉探险。”

“最近我的腰好痛。”

“因为你老是坐着。你有锻炼背部肌肉吗？”

“跟我聊这种话题，有趣吗？”

“很有趣哦，因为我想知道的，并不是我想看的风景，而是你看到的风景。”

照片的一角有一个给白鸽喂食的流浪汉，Ai看到这样的场景后说道：

“即使不工作，也能随心所欲，这样的生活真轻松啊。”

虽然我对她的意见不敢苟同，但我也不是那种故意跟别人唱反调的人，于是只是敷衍地前往就职研讨会。

“是不错，不过我也不讨厌努力工作的人。”

“我觉得大志同学最近有点恶心啊。”

“太过分了，怎么突然说这种话。”

我和Kami在敲了好几次门，鞠了好几秒躬之后，整理完那些不知道是谁布置的无聊资料，走出了大学校门。

“研讨会终于结束了，肚子好饿。要吃什么呢？”

“吃日式煎饼好了。”

“就它吧！”

“恶心的就是这一点——不知不觉间，大志同学居然萌生了喜恶的概念。”

Kami搓着手腕，一边说着十分无礼的感想，一边向我投来质疑的目光。

“最近一定发生什么事了吧？”

“没什么。”

“啊，我知道了。”

“什么啊。”

“Ai。”

“什么？”

“你喜欢上她了？”

“怎么可能。”

我下意识地否定了，但这其实是谎话。

我喜欢上Ai了。

只要手机一响，我的注意力就不由自主地被吸走，会在平凡的对话中寻找着深刻的意义。这几乎跟那个人没关系了，Ai的存在本身，开始让我的每一天变得不同寻常。

那个人，在我心中渐行渐远，这个过程意外地简单。

不仅是初中那时候的回忆，就连前阵子真相大白的那种空虚感，此刻也已经变得无足轻重。的确，我和Ai之间大概不会有任何进展。把我们联系起来的，仅仅只是文字的交流。但是，只要我对她的心意是认真的，那个人的一切，迟早会在我心中做个了断吧。

Kami在寻找日式烧饼的店铺，我走在她旁边，打开了研讨会中途收到的信息。陡坡的境界线将蓝色和白色分隔开来，绿油油的针叶树营造出画面的对比感。

“我前一阵子去了滑雪场。对了，Kami小姐最近好吗？她是一个活泼的人，一定经常去旅行吧？”

我看了一下旁边这位Kami小姐，她正一脸严肃地滑动手机。

“那个……”

我并没有偷看的意思，但她听到我的声音后急急忙忙地关掉了手机。

“抱歉，吓到你了。”

“啊，没事，该道歉的人是我。没什么啦。”

她摆摆手，然后用轻松得就像在问今天的天气一样的口吻发问：

“大志同学有想过寻死吗？”

“真是语出惊人啊。”

“嗯，就是问卷调查之类的啦。作为一名烦恼缠身的大三学生，请给我一个样本吧。”

“要到什么程度？”

“在能说的范围里面。”

“能说的范围里，没有。”

“哎呀，什么嘛，太棘手了吧，现在也是这样吗？”

“对啊。”

只不过，我以前有过罢了。

“Kami，你呢？”

我反问道。然后，她笑着回答：

“有时吧……会有意识到自己不能成为理想中的那个人，而感到无力或是失望的时候。”

“原来Kami也会有这种想法啊。”

“那是当然，只要活着，多少都会有的。”

她的眼角处出现了一抹阴影。我不经意地开口问道：

“对了，你的真名是什么啊？”

大步向前的Kami差点一个踉跄，一副惊慌失措的模样。

“咦，不会吧？你一直不知道吗？”

“是啊，一直忘记问你了。”

“你倒是问啊，失礼也要有个限度吧。我的名字是后藤文香。”

后藤文香。

Fumika（**注：文香的日语发音**），mika。

“啊，所以才叫Kami吗？”

“是啊。”

她向我伸出手。

“重新说一遍，请多指教啦。”

彻骨的寒冬终于来临。下午六点，天色已经昏暗，天气预报非常准确，窗外果然飘起了漫天的大雪。我在暖气不足的礼堂里听着大学的前辈们主持的企业说明会，也大概理解了自己目前的处境。前路稍微变得明确起来，我怀着一种安心感来到了最近的车站。一对高中生情侣无惧严寒，正在车站聊天。Ai住的地方也在下雪吗？我一拿起手机，主页画面就亮了，有信息。

“请看照片，我这边在下大雪哦！你那边怎么样呢？”

大雪纷飞的室外，她到底在做什么呢？

因为光用文字已经无法形容，我便在脑海中发挥着丰富的想象力。最近她总会一口气发好几条信息，在一些网络小新闻上终结话题，然后很直接地问我：

“Tai有喜欢的人吗？我听你讲了很多Kami小姐的事情，如果她没有男朋友，你们也很般配呢。”

喜欢的人。我在行色匆匆的人群中停下了脚步，顿时感觉增添了几分寒意。我缩了缩脖子，先回复了一句——

“现在没有。我这边也下着大雪。”

“以前有过对吧。或许应该说，你谈过恋爱吗？”

她立即回信了，这还是第一次。我简短地回了一句后，便迈出了脚步，自然而然地开始了跟她的对话。

“真失礼啊，我谈过好几次恋爱呢。”

“噢，没想到呢。”

“什么啊，这种反应，真过分。”

我的耳边似乎响起了一个温柔的声音。路灯和雪景混为一体，灯光朦朦胧胧地照射在地面上。

“请把你的恋爱经历告诉我。”

“我才不说，就算听了你也只会觉得失望。”

“才不会因为这种事就对你失望呢。但是如果你真的不愿意说，我也不会勉强你。”

我抄近路时会经过的公园里看不到任何足迹，仿佛过去那些凹凸不平的痕迹都是不曾存在的景象一般。我迅速地穿过广场，掸掉座位上的积雪，然后坐在秋千上。公园与那天截然不同，支柱变成了红色。

“知道了，那我告诉你吧。”

我在脑海深处唤醒了那段酸中带甜的回忆。虽然我之前各种推搪，但那并不是什么见不得人的往事。自己脑子一热就以男朋友自居，摸不清对方心意，最后莫名地被甩——这种事情，不过是随处可见的青春罢了。

“好悲伤。”

“喂。”

“啊哈哈，抱歉。”

“不过最后的分别真的很无趣啊。喜欢也好，讨厌也罢，我感觉她都不是认真的。”

话虽如此，但这件事总算告一段落了。

虽然过程说不上顺利，但总算有一个好的开始，也有一个好的结尾。

所以，勉强说的话——

“只有我还在留恋。”

“留恋是什么意思呢？”

我居然如此轻描淡写地说出这种话，连我自己都觉得不可思议。这并不是要诋毁她或是否定她，只是对我来说，她已经成了过去式。映着夕阳的侧脸、照相机的反射、照片……我已经很久没有想起那段往事了。

“那个人真的太过分了。”

Ai听完故事后，突然愤愤不平地回复道。

“哪里过分呢？”

“明明是她那暧昧的态度让你误会，让人误会后又擅自失踪，怎么会有这样的人啊。”

“算了，反正都过去了。”

打字的指尖冻得僵硬起来。大颗的雪落在了我的肩膀上，公园里一片寂静。

“不行！难道你一开始告诉我的那个拍小鸟照片的人，就是她吗？”

“是啊。”

“那种人，你就应该赶紧忘掉她，不要被过去束缚，活在当下才是最重要的。”

“我无法轻易忘掉她，毕竟跟她也有过一段愉快的回忆。”

口不对心的话语在指间流泻。

之后Ai就没有回复了，我拍了拍身上的雪，站起身来。正准备走出公园之际，手机显示屏又亮了。

“那你已经原谅她了吗？”

原谅。

我不确定这种说法是否正确。但是，有一件事是可以肯定的。

“毕竟现在我还活着，无所谓了。”

那个人救了我。如果不是她那天在人行道上把我拉了回来，陪我一起走夜路，也许就没有今天的我了。尽管之后的日子称不上非常美好，但偶尔会有觉得“还不赖嘛”的时候。

所以，这是我的真心话。

能遇见她，我很高兴，这是毋庸置疑的事实。

我向Ai传达了自己的想法。她又沉默了一会儿，然后将声音编成了文字。

“那样的话，真是太好了。”

只是短短九个字，我却好像看到了她的笑脸。

第二天早上，Ai的账户里的所有照片都被清空了。

side. 川上晶

2012-06-22

“您认为‘ai’是什么呢？”

坐在观众席正中央的少女提问道。前面好几个问题都是“您喜欢使用什么绘画用具？”“您喜欢的作家是谁？”这种浅显的问题，突然被这么一问，站在讲台上的我有点语塞。

“这个问题，有点难度呢。但是，在创作层面上，这种暧昧的要素也是不可或缺的……”

我模仿着开场白的主旨回答道，最后向她投去目光，她迅速地点了点头。

这是我个人作品展览会的第一天——画家兼插画家“川上晶”**（注：“晶”在日语中有音读“shou”和训读“akira”两个读音，此处的读音是“shou”）**的展览会。在成为专业画家这七年间的作品，以及以前业余时期画的画都陈列在四百平方米的画廊里。画展先在主要城市巡回展出，然后作为衣锦还乡的一站，回到了我的故乡福冈。我今天正是为了这个谈话活动，才特意从东京回到这里。

我怀着充实感送走了最后一位客人。正准备回家时，筹备组的工作人员来到了我的休息室。

“晶（shou）老师，今天辛苦了。”

“辛苦大家了。”

“应该说跟您的作品给人的感觉如出一辙吗？果然很多年轻的粉丝呢。周末会有更多的学生光临吧？”

“是啊，不过也要格外小心，要是展览让他们的幻想破灭就不好了。”

门外传出了“阿晶（akira）”的喊声，然后画廊老板出现了。

“啊，你好！恭喜你啊，终于开始了呢。”

画廊老板似乎很满意今天的到场人数，接着满足地摸着胡子继续说道：

“不过啊，也有人提出了很有趣的问题呢。”

“啊，那个提问ai的女孩吗？”

ai、I、蓝色（**注：在日语的发音中，蓝色的发音为“ai”**）、爱……这些词语萦绕在我的脑海里。

“不过，我们也有过很在意这种哲学性问题的时期吧？像是‘家庭到底是什么啊’之类的。我还和老妈大吵一架，离家出走了呢。”

“哈哈，哎呀，那个离家出走的阿晶（akira）现在已经二十五岁了呢。以前明明在很小的地方参加团体展览，现在已经是名人啦。你有好好休息吗？”

“偶尔吧。说实话，虽然有时会很辛苦，但能有工作，我觉得很感恩。而且——”

我穿上外套，拧开了后门的门把。

“我果然还是喜欢画画啊。”

我走下安全楼梯。正午那万里无云的天空已经不复存在，天气变得非常糟糕，梅雨时节那豆大的雨点敲击着地面。我急急忙忙地朝着后方的投币停车场跑去，突然看到了一个人影，于是停下了脚步。一个少女伫立在那里，没打伞，是刚才提出“ai”那个问题的女孩。

“那个——”

“有什么事呢？”

“请允许我和您聊几句。”

那双略有些动摇的蓝色双眸透出一股极其认真之感，看来不是记者之类特意埋伏的人。她似乎要被滂沱大雨吞噬了，我于心不忍，便让她坐上了副驾驶的位置。我问她要在哪里下车，她回答说在车站前就可以。雨点敲击挡风玻璃的声音，越发响亮。

“你要跟我说什么呢？”

“这幅插画，是川上老师的作品吧。”

等红灯的时候，她拿出了一本文库本。封面上的两名少女牵着手向着樱花树奔跑，最终变成了两个细小的点，只是借着逆向的高光勾勒出她们的轮廓。

“嗯，对啊。”

我瞥了一眼之后回答。这幅画，看一眼我就可以肯定了。

这是为了配合小说《写给你的秘密》的真人版电影而出版的新版，是我第一次画的商业插画，同时也是我的成名作。它还是让那个除了和母亲一起居住的六张榻榻米大小的房间外一无所知的我，摇身一变的契机。

“晶（shou）老师，您很喜欢画画呢。”

“是啊。”

“现在也一样喜欢吗？”

“还是一样喜欢。”

她口中的“ai”，是指个人展览会的主题吧。

I。

回忆往昔，画出描绘自己与绘画共存的未来。我想将自己的一切决心，凝聚在这个字母上。

“从概念来说，我的心意切切实实地传达给大家了吧？”

听到我这样说后，她的脸上出现了阴霾。她似乎在顾虑我，只是用极小的声音呢喃着，声音小得几乎要被雨刮的声音掩盖。

“那您为什么不画蓝色的画呢？”

我喜欢蓝色。

这并没有什么理由，就跟有人喜欢吃苹果一样。当我几乎要沉迷于这种炫目的颜色无法自拔的时候，我意识到这是一种特别的颜色，比任何色调都美丽。所以，我的蓝色蜡笔的用量总是比别的颜色多。

“阿晶（akira）真的很喜欢蓝色啊，这下得去买点蓝色蜡笔回来了。”

老妈看着我将画纸全涂成蓝色后笑着说。她总是牵着我的手，到附近的画具店给我买那种六十二日元的蜡笔。我们家是单亲家庭，生活拮据，我初中毕业后就在家乡找了一份工作。

“你明明画得一手好画，我却没有能力供你上美术大学，妈妈对不起你。”

“不用在意。”

说完这句口头禅之后，我走出了家门，然后工作一天，用赚到的钱贴补家用。剩余的一点零花钱就用来买绘画用具，以前我一直在房间的一角画油画。

是那幅画，让我的人生发生了一百八十度的大转变。

十八岁那年春天，我收到了画廊老板的联系，好像是出版社的编辑看到那次的集体展览后，表示很喜欢我的画。他委托我帮忙画某本小说的新版封面，不久之后，我就收到了一本标题为《写给你的秘密》的小说。倘若是那种纵使谈不上差，但是感觉极其普通的封面，正是我的强项，我自信满满。

我看了一遍小说，实在不太合我的胃口。这并不是内容的问题，而是作者已经去世了这一点，让我有点耿耿于怀。处女作、遗作什么的，因为这种理由而备受好评，未免有点狡猾。我感到异常烦躁。但同时，我深知这是一个好机会，于是暗自起誓，一定要让这本书在书店的众多书籍中脱颖而出。

和编辑商量后，我决定画最后一个场景。每到休息日，我就会到大街上观察，那些樱花树在我脑海里留下了深刻的印象。就这样，我像是要把无处安放的嫉妒、艳羡、认同与欲望都倾泻而出一般，尽情地在画纸上涂抹颜料。

最完美的作品，我终于描绘出自己心中的完美之作。

“很棒的画呢。”

老妈笑着说。

“只是没有画的机会而已，我并不是讨厌蓝色。”

我打着方向盘启动发动机。已经七年了，如今回想起来，真的过了很长一段时间。

我参与制作的新版小说的发售时间与真人版电影的上映时间互相配合，销量非常理想。无论前往哪家书店，都能看到这本小说在正面的书柜上整齐摆放着。当时的情况确实非常震撼，不久后我就接到了插画的工作。当然，契机是那本文库本，客户看了那本书的封面后都赞叹道“果然晶（shou）老师画的樱花和暖色调画作很棒呢。”

从那时候开始，我就开始使用笔名。在日语里，“晶”（akira）也可以读作“shou”。这没有什么特殊含义，我只是觉得这样更有专业人士的感觉，更帅气。

我画了无数本装帧图书和无数张海报。接到广告的委托时，仅是一张画的酬劳就可以与过去几个月的工作量相抵，并且我的画会在大街小巷张贴。

“你果然很有才华啊！”

老妈得意扬扬地目送我前往东京。我租了一间公寓当作自己的画室，后来还可以开着自己的车返乡了。这样一来，我算是取得了硕大的成就。

“既然您不是讨厌蓝色，我就放心了。”

她想问的只是这个问题，随后便礼貌地下车，关上了车门。她走在滂沱大雨中，密密麻麻的雨点打湿了她的肩膀，我看着她的背影，大声喊道：

“喂，等等！”

她诧异地回过头来。

“你想看蓝色的画吗？”

我为什么会突然这么说呢？

也许是因为，她的瞳色正是我喜欢的颜色吧。

第二天早上，我们约在了绿地公园见面。梅雨过后，干燥的风吹拂着大街中央的巨大水洼地。她似乎迷路了，我打电话告诉她正确位置后，不一会儿就看到她从人行道对面上气不接下气地跑过来。

“对不起，我迟到了！这个公园实在太大了！”

这位名叫千奈美的少女，似乎是走摇滚和活泼的路线。她似乎是带着这台相机周游日本，而且摄影技术了得，这让我更加肯定了带她去也无妨的想法。我们走在与现代社会格格不入的小路上。在工厂附近，有一座陈旧的木造二层公寓。

“小心别摔到了，这里的楼梯很破旧。”

迫于无奈，我抓住了锈迹斑斑的扶手。走廊上有几道间隔很近的赤茶色的门，我来到了从里面数起第二道门的前方，将钥匙插进门把手。

“这里是什么地方呢？”

“是我出生的地方。”

“川上雅子 晶”。

当时还是小学生的我，百般哀求让妈妈用油性笔将我的名字写到门牌上，如今笔迹已经因为风吹日晒渐渐褪色。

“我回来了。”

我向着空无一人的屋子打招呼。老妈在前年已经去世了。她十九岁时生下我，之后不分昼夜地工作，身体已经在不知不觉间千疮百孔了吧。我打开窗户。在这狭窄的空间里排列着的油画布，在自然光的照射下露出了身影。

“哇，我可以拍照吗？”

“如果不放上网站，可以随便拍。”

有一部分放在这里的作品已经被我带去东京了。虽然将剩下的画搬出这间屋子也可以，但我想留个纪念，就把这个地方当作仓库继续使用了。我把以前的画和没有公开发表的原创作品寄到这里，让故乡的朋友帮我存放好。其中，有几幅蓝色的画作。

“晶（shou）老师，请看这幅画！我非常喜欢这幅画！”

“呜哇，不要看。太难为情了。”

千奈美揭开一幅全是蓝色的肖像画。这幅画是我前往东京之前，老妈缠着我画的。她那时候说了一句“给我画一幅画吧”。

我虽然嘴上说着很麻烦不想画，最后还是画了。

其实我一点儿也不觉得麻烦，反而觉得很骄傲。

“千奈美之前问的‘ai’，其实是个人展的标题对吧？”

她每打开一张油画布，快门声音就此起彼伏，听到我的问题后，才停了下来，摇了摇头。

“不是，我问的是喜欢和讨厌的‘爱’，love。”

爱。

我闭上眼睛思考——自己的感情，这个地方，我的画作。

“对我而言，爱是无法替代的东西。”

“画画就是您的人生，您在见面会的时候也说过吧。”

千奈美看着油画布，在厨房里跪坐着笑道。

我想老妈了，真希望至少能再让我见她一面。

老妈生病的时候，我没能照顾她。在一个寒冷的冬日，我正和客户商议化妆品海报的制作时，传来了她病重的消息。据房东所说，当时楼上突然响起了巨大的声响，下一秒又鸦雀无声了。他觉得有点奇怪，便上楼一看，发现老妈倒在了厨房。我的手机里传来了房东焦急不已的声音。

笨蛋老妈，我不是叫你辞掉工作跟我一起来东京吗？我一路狂奔，赶上了最后一趟新干线。到达博多后，我坐上朋友的车急急忙忙地赶去医院，但还是没来得及见她最后一面。躺在病床上的她已经没有呼吸。房东说她最后走得很安详，但在我看来她是一副寂寞的样子。

“这次，我想拜托您画一幅蓝色的作品。”

我正在记着笔记，却听到了意外的要求。正好和那一天一样，我在同一个会议室，就化妆水的新产品海报跟客户进行洽谈。

“蓝色吗？真难得啊。之前一直是围绕着樱花或是枫叶的创作呢。”

“是的。其实我们打算从这次的商品开始，按照价格将商品分成不同的等级。高端品的印象颜色定为蓝色。”

我接过样品，它的瓶身以江户切子（**注:起源于日本江户，指用金刚砂在水晶器皿表面切割磨刻细腻花纹的手工工艺**）为创作灵感，骨架中还嵌入了几道螺旋状的裂纹，搭配蓝色显得很亮眼。

“川上老师很少画蓝色的作品，您的粉丝一定会觉得眼前一亮的。让我们创作出具有竞争力的海报吧。构图方面全权拜托老师了。”

“我明白了。”

我回到画室，开始准备工作——在速写簿上画草稿，在调色板上挤出颜料调色。虽然觉得新鲜，但不知怎的，我的意识变得有点昏昏沉沉，像是感冒了一样，有种不祥的预感涌上心头。

我的预感应验了。

我提交的画稿，似乎完全不合对方心意。

“川上老师，草稿的进展怎么样呢？”

“抱歉，希望能再给我一点时间。”

“大概需要多久呢？”

“我想想，一周……不，给我五天就好。”

我挂了电话。画室里遍布偏离了方向的失败之作。明天还有谈话活动，我不得不回福冈一趟。可恶，要是当初老老实实地将起点站设在东京就好了。我焦躁不已地仰望天花板，突然灵机一动。

对了，给千奈美看一下吧。

我需要客观的意见。既然她那么喜欢蓝色，也许能从别的角度，直率地表达她的感想。我急忙拨打她的手机号，呼叫声响了三声后，传来了“喂，您好”的声音。

“喂，千奈美吗？你现在在做什么？不，应该说，你现在在哪里？”

“我还在福冈。有事吗？”

“太好了。明天晚上有时间吗？”

“有是有，但到底是什么事……”

“我想让你看点东西。”

我挂了电话，将散落一地的资料整理分类后，便立即收拾行李。

“想让我看的东西是什么呀？”

千奈美来到了咖啡厅，那双眼睛闪耀着期待的光芒，但当她翻阅资料后，光芒便逐渐消失。她无力地合起资料，当我问她感想如何时，她用低沉的声音回答：

“我觉得，不是晶（shou）老师的风格。”

“怎么就不是我的风格呢？”

“抱歉，我说不上来。”

千奈美一脸抱歉地看着我。

“没关系，你可以把真实的感受告诉我。”

“但是——”

“我就是为了听你的真实意见才跟你商量的，你不用顾虑太多。”

“这样的话……”

她附和了一句，然后断断续续地说道：

“我更喜欢老师以前的画。应该说让人感觉很努力吗？反正有一种融入了感情的感觉。老师的画会让人觉得画画真的非常快乐，看了老师的作品，连我都有了幸福感。但是，这幅画没有这种感觉。”

她有点伤感地继续说道：

“所以，当提出‘晶（shou）老师现在还是那么喜欢画画吗？’这个问题时，我有点不安。我会有这种感觉，果然还是因为那本小说的封面。如果没有那个封面，晶（shou）老师还是和以前一样……”

“我不觉得自己有多大的变化啊。”

“不过，在那之后您不是没有发表过蓝色的作品吗？”

“那是工作。”

“就算是这样，原创的作品还是可以运用蓝色元素吧？最近您的画都是红色和黄色居多。原因果然是——”

我认为这是没办法的事。

客户的要求和自己的形象，因为这些理由，我放弃了发表蓝色的作品。我是在其他颜色里，寻求着远离蓝色的借口吗？

我画画究竟是为了谁呢？

画画让我实现了梦想，给予我物质丰富的生活。然而，这样真的就满足了吗？按别人的要求画画，获得赞赏，开个人展，有自己的座驾，忙得分身乏术，连老妈的最后一面都错过了。这种生活，真的是我梦寐以求的吗？

无可替代什么的，都是谎言。也许，我犯下了无法挽回的错误。

我看着千奈美，只见她低着头，注视着桌子一角。

和老妈在一起的日子里，我作画的时候到底在想着什么呢？忽然，我的脑海里浮现一个主意。虽然只是心血来潮，但也许是一个有趣的想法。反正如果继续原地踏步，只能画出不如人意的作品。与其这样，不如将这个想法付诸行动。

“千奈美。”

“嗯。”

“我想拜托你一件事，能听我说说吗？”

“只要是我能办到的事情就没问题。”

“我想请你当我的画作模特。”

千奈美愣住了。不一会儿，她似乎已经理解了我的用意，站起身来大幅度地摆动双手。

“等等，冷静点！”

我慌张地抓住了她的手腕。她回答道：

“不行不行，我绝对办不到！在照相机的镜头前，我都会觉得不自在，更何况是当画作模特！”

“没关系，你可以的。”

“真的不行啦！”

“拜托你了，如果你能帮忙，我说不定就能获得灵感。如果你能当我的画作模特，或许就能找回当时的感觉了。”

听了我的话，她的眼神有点游离，不过片刻后，她轻轻地点了点头。

“明白了，我会加油的，我也很想看到晶（shou）老师再次用蓝色元素作画。”

我把回程的飞机改签到了五天之后，然后前往画具店买绘画用具。店主拉开百叶门，看到我的身影后，吃了一惊。

“好久不见啊。怎么回来了，你在这边也开了一家工作室吗？”

“不是。我只是想回忆一下往事。”

我扛着油画布和画架，拉开那扇关不严实的门，一如既往地道了一声“我回来了”。紧接着，看到那张熟悉的脸后，我的心脏仿佛骤然停止了跳动。可是下一秒，我恢复了冷静，那是被千奈美竖起来的老妈的肖像画。与那张湛蓝的笑脸四目相对的瞬间，我陷入了沉思。

为什么我没有把这幅画带到东京呢？

因为我和老妈的回忆应该属于这里？还是它没有好到可以作为一幅装饰品展示给大众看呢？

以上似乎都不是理由。

对于自己为什么再也没有使用蓝色的元素作画，我大致上心里有数了。

在房间差不多收拾好之际，敲门声响起。千奈美拖着行李箱站在门口。

“辛苦了，千奈美。谢谢你特意赶来。”

“不客气。反倒是我，不能帮您到最后一刻，非常抱歉。”

她怯生生地脱下鞋子。她傍晚就要离开这里了，所以只能在傍晚前过来帮忙，这样也足够了。在这个房间里画画，对我来说有着深刻的意义。我从她的衣服中挑选了一件比较正式的，然后在房间外面等待她换衣服。暖洋洋的太阳照射在我身上。

“抱歉，请不要画脸。”

她披散着头发，穿了一袭白色的连衣裙，坐在椅子上。我问了原因后，她只是回答“没什么”。难得一切准备就绪，这有点可惜呢。不过，只要能看到那双眼睛就没问题了。在这个六张榻榻米大小的房间里，我们隔着油画布，四目相对。

“我应该摆什么造型呢？”

“平常的造型就好。”

“平常的造型……”

千奈美时而扭动身躯，时而交叉双腿。但是，这些动作看起来都有点刻意。如果只是平常的姿势，总觉得不够完美。

“你拿着这个吧。”

我把她一直挂在脖子上的相机递了过去。她把它放在膝盖上，紧张感便消失了。

她抚摸着取景器的姿态非常优美。

“嗯，我觉得这样很好。”

“真的吗？”

“保持这个姿势，不要动。”

“好的。”

这下没问题了，我有十足的把握。

“其实，我会提出那个关于爱的问题，还有另一个原因。”

在微妙且平稳的时光里，千奈美突然开口说道，紧接着露出无比忧愁的表情。

“我以前，伤害了某个人并逃走了。因为我只想着自己，没能下定决心接受那个人的感情。如果我是他，大概会打从心底憎恨背叛了自己的人。”

为了不让自己的表情有起伏，她绷紧了脸。

“我应该怎么做呢？明明不能给予对方幸福，却主动接触他，这是爱吗？为了对方着想，宁愿自己当坏人，这是爱吗？对于自己的做法到底是对是错，将来的某一天，我会找到这个答案吗？”

那一天永远不会来临。

我在心底默默说出了答案。人们的真心，无从知晓。

我大概一直被内疚的感情束缚着。

让老妈孤身一人，连照顾她都办不到……我还继续画画真的好吗？其实老妈对于这种让母子分离的绘画艺术，是恨之入骨的吧。不会的……但是，在越孤独的日子里，我就越要画画，大概是为了让自己从这种想法中解放出来。

从“老妈其实非常孤独”的这种想法中解放出来。

弥留之际，老妈到底在想些什么呢？对于这个问题，我这一生都不会有答案。她是高兴，还是悲伤呢？仅仅是这个真相，一切就会被肯定抑或是被否定。越是日复一日累积而成的东西，就越脆弱。但是——

“我们，只能相信了。”

祈祷自己做出了正确的选择，朝着目标前进。无论如何，过去始终是一去不复返的。

所以，至少要让自己懂得后悔。

时刻铭记于心。

时刻提醒自己。

成功之事，失败之事，周而复始，努力走向无愧于心的未来。

是啊。所以，爱就是……

我拿起颜料，在油画布上挥洒颜色。

没有任何虚情假意。我将自己的心意倾注在每一次的挥笔中，随着时间流逝，风景跃然纸上，这是美丽且残酷的世界。

我已经明白了，过去已经一去不复返。

我经历过，也逃避过太多事情。我意识到自己已经来到了很远的地方，远到让人感到悲伤。

听到我放下画笔的声音，千奈美抬起了头。

“结束了吗？”

“还没。不过，已经差不多了。”

看着我的表情，她若有所思。

“可以让我看看吗？”

“可以啊。”

她理了理裙子站起身，来到我身后看着这幅画，微微一笑。

“太糟糕了，是目前为止最糟糕的一幅画呢。”

“我也有同感。”

“不过，我很喜欢，这是目前为止最喜欢的一幅画。这就是晶（akira）老师的作品……”

“shou也好，akira也好，画画的人都是我啊。”

名字根本无关紧要。无论取什么名字，我就是我。

千奈美点点头，拉起行李箱。橙色的光芒洒遍房间，她的影子一直延伸到玄关。

“晶（akira）老师。”

那个剪影缓缓地转过身来，平静地发问道：

“晶（akira）老师，您之后还会画画吗？”

“当然。我会继续画的。”

我有点自嘲地回答道。

失去老妈的伤痛，还有不知道消失在何方的那天的温情……当它们被某些东西取代之后，我才能继续前进吧。前方一定会有爱。正因为知道失去的东西有多重要，我才会拼命寻找，无法逃避失去。然而，我愿意相信，这种奋力挣扎的日子一定是有意义的。

“所以，爱并不是无可替代的东西。”

它是无论失去多少次，也依然会萦绕在心中的那份感情。

与暮色融为一体的那双蓝色的眼睛眯细了。

“听了您的话，我感觉自己又能迈步向前了。”

她在关上门之前说了这番话，然后笨拙地笑了笑。

在这间六张榻榻米大小的房间里，我独自握着画笔。

I，蓝色，爱。

这些都是“ai”，它们全部在这里。

改变了的我。

变得陌生的颜色。

油画布能展现的可能性。

——“阿晶（akira）真的很喜欢蓝色啊。”

是啊，我喜欢画画，我爱画画。

所以，我要画画。

直到我能说出“那是正确答案”之时。

叔叔：

关于爱，我思考了很多。

我到现在还不知道，那天自己到底应该怎么做。在接下来的日子里，我还会犯下无数的错误吧。仅是想到这些，我便觉得自己很讨厌。

但是，正因如此，我才必须将其铭记心中，这是我给自己的最低要求。

为了在一切都真相大白的那天，尽量找到更多的答案。

如果，那也是爱……

这就是一件有意义的事情——我一直怀抱着这样的信念。

千奈美

二〇一二年七月二十四日（星期二）

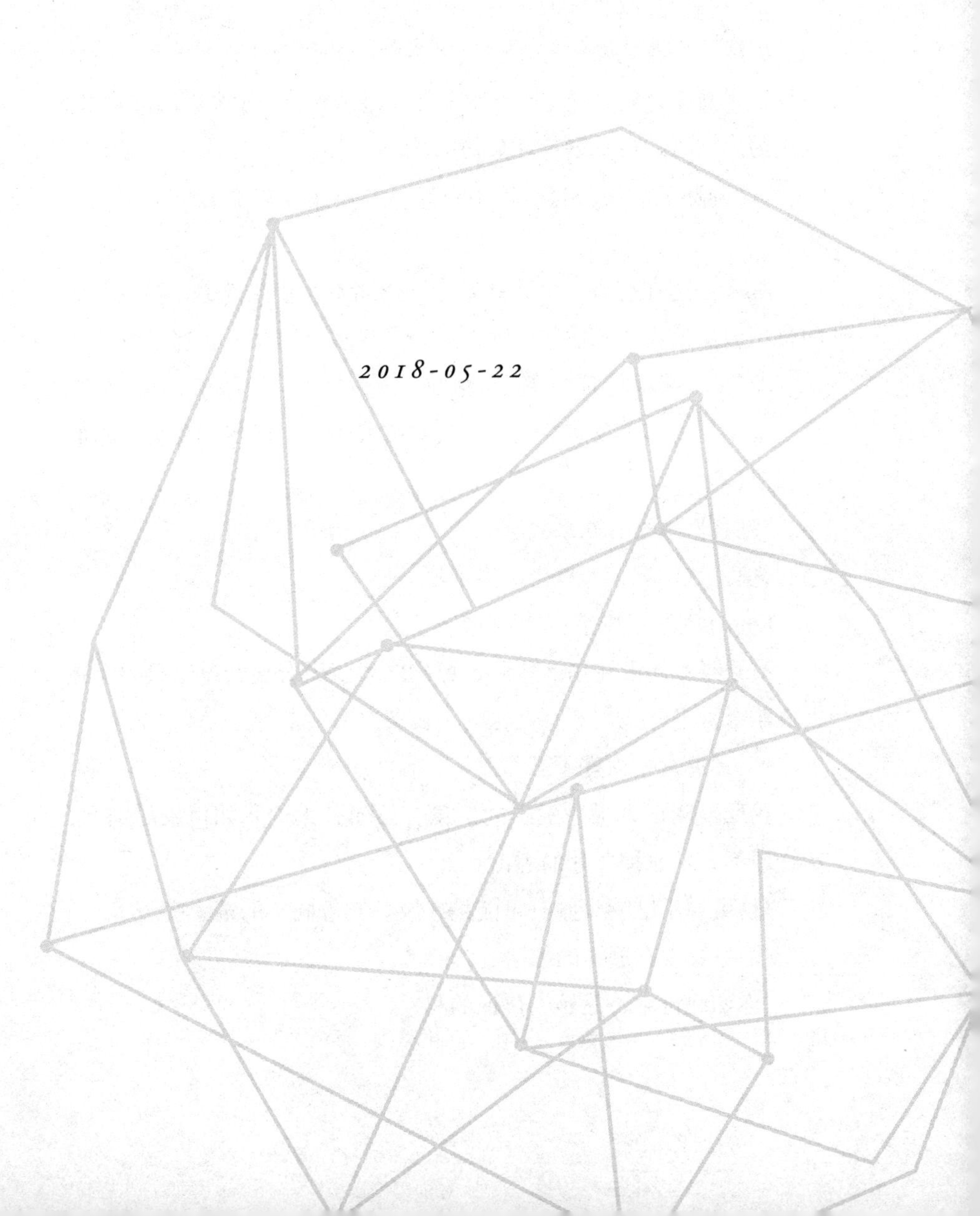

2018-05-22

已经三个月没有和Ai联系，在此期间我升上了大学四年级。

沉浸在樱花凋谢的悲伤中没过多久，求职活动就开始了。虽然我只投了几家公司，但应聘申请表都通过了审核。在大学的食堂里，我正为面试时的自我展示环节伤脑筋。

“这种环节随便应付一下不就好了？反正录取之后也不会有影响。”

Kami一边在记事本中写计划，一边满不在乎地说道。她投简历的公司数量是我的两倍，似乎是经历了许多次面试才拿到了内定。

“对了，那次之后Ai有联系你吗？”

这个名字猝不及防地出现，我只能极力让自己保持冷静，然后回答道：

“没有，她没有联系我。”

“噢，这样啊，大概是厌倦了吧。”

Kami看着在阳光底下飘浮的灰尘。

Ai的账号还没注销。然而，那次之后就没有更新过，只留下在大概四个月里，我们互相发送的一百条左右的信息。

——“那真是太好了。”

我反复阅读她最后发送的信息。然而，无论我如何绞尽脑汁，始终想不到她删掉照片的理由。

“这可说不准啊，她有可能是在嫉妒大志同学的情史呢。”

“Ai对我没有那样的想法。”

“你如此肯定，是她亲口说的吗？”

“虽然她没有说，但我觉得完全不是那样的。”

“我说你啊，别以为你可以完全掌握对方的心思，也许她正在你不知道的地方哭鼻子呢。”

“对不起。”

“你干吗向我道歉啊？”

Kami开始闹别扭了。

自从Ai消失之后，我有点沮丧。没有参加就职活动和研讨会，突然变得郁郁寡欢。我有时会百无聊赖地看看电视，有时会跟关心我的Kami聊几句，渐渐地这种苦闷的心情得以排解。时间是最好的疗伤良药，而且痊愈的速度也比之前那次快得多。之后，我又回到了索然无味的平淡日常中。在成为社会的一员之前，只剩下短暂的校园时光了。

“之前，我说大志同学很恶心，我向你道歉。”

Kami用眼角余光看着我。

“我并不在意。”

“但是我在意啊。果然刚刚那个才是有血有肉的你啊，比以前那个完美的你平易近人多了。”

“这样啊……”

“什么啊，耍什么帅。”

Kami笑了，我也笑了起来。没有Ai的日子正在一天天地流逝。

如此一来，许多悲伤也会随着时间流逝吧。

我打开收件箱，查看应聘申请表是否通过以及求职活动的信息。在众多的邮件标题中，有一封简短的邮件吸引了我的注意力。

“给山浦大志先生 佐竹”。

佐竹小姐，是那位编辑。我打开邮件。

“你好，求职活动还顺利吗？我确认了那部小说的动画版海报后，有一点新发现，所以发邮件告诉你。”

那部小说是《写给你的秘密》。

“有一件事情我还没跟你确认。你来找我的那天，我忘了问你，你在多大程度上认为这部小说是非虚构文学呢？因为你之前已经查了很多资料，所以我那天跟你讨论的只是细节部分。”

佐竹小姐为什么这么说呢？我一头雾水，只能一边皱着眉头，一边继续阅览邮件。看到“其实”之后的内容，我不由得停下了手中的动作。

“作为千里原型的那个女孩子，她的外貌在初稿的时候就做了一点修改。因为担心比起故事本身，读者会更关注角色设定。和北见老师相遇的那个女孩子其实是……”

——“她似乎有着一头明亮的秀发，有一双蓝色的眼睛。”

瞬间，我愣住了。

——明亮的头发，蓝色的眼眸。

这两个特征让我头晕目眩。

原来她没有骗我，她真的和北见千冬一起去旅行了。

“Kami，你看看这个。”

我把那封邮件给Kami看。她疑惑地接过手机，在看完之后随即脸色大变。

“等一下，这太奇怪了吧……”

最后，她似乎放弃了思考一般捂住了脸。

“这不可能呀。大志同学不是说北见老师的书是在一九九三年出版的吗？你和那个人是在二〇一〇年，也就是你初二时相遇的。那时候，她起码三十多岁了吧？应该不是同一个人啊，不可能……”

她战战兢兢地不断重复着“不可能”，接着突然话锋一转，说道：

“但是，我也认识一个这样的人。应该，没错……”

Kami称呼那个人为千奈美。

不仅如此，Kami连她的联系方式都知道。Kami一脸难以置信地输入电话号码，然后握紧了手机。但是，话筒里传来的只是冷冰冰的呼叫声。无论拨打多少次，始终没有人接电话，最后她只好放弃，抱着肩膀坐在垂头丧气的我身边。

我让Kami把电话号码给我，然后在其他时间再次拨打。那个电话号码还在使用，只是主人始终没有接听。

拜托了。难得找到那么多线索，不要卡在这里啊。

不管我如何祈祷，电话那头始终没有人接电话。

第二天晚上，因为下周就要迎来我心仪的公司的第二次面试，为了准备面试，我查了许多资料。此时已经是五月，春天也接近尾声，但天气依然寒冷。我穿着连帽衫，做了一碗速食汤，随后放在桌面上的手机响了。

时间是十一点左右。

这个时间的来电，不禁让我心生期待。

我拿起手机一看，果然是那个人的电话号码。

接听这个始料不及的电话，让我有点透不过气。

“你好，我是山浦。”

我把手机放在耳际，等候着电话那头的回话。

“请问是找伊藤千奈美吗？”

语调很平稳，是一个男人的声音。

在六本木车站里，行色匆匆的上班族随处可见。出站后，走了几分钟就到了目的地，我和Kami抬头仰望着闪耀得让人炫目的高楼大厦。

“好厉害啊，这里面的公司，你投了几家啊？”

“投了两家，但是在资料审查阶段就被刷掉了。”

一个挂着员工证的男人，空着手走出大堂。他穿着毛衣和贴身的休闲裤，看上去一本正经，在看到我们后扬起了手。

“是山浦大志先生和后藤文香小姐吗？”

“是的。”

“初次见面，我是武田佑太郎。我们找个地方坐下来谈谈吧？”

我们跟着他走进大楼里的一家咖啡馆，在一张圆桌相视而坐。随后，武田先生递上了名片。

“我在做照片应用程序的开发工作，是一个叫作PHONO的应用程序，不知道你们有没有听说过呢？”

名片上印着一个熟悉的标志——PHOTOMENO。这是我使用的那个网站，也就是Ai上传照片的地方。

“那个，为什么你们会联系千奈美呢？”

武田先生定睛凝视着我们。我们倒也想问一下，为什么他会拿着那个人的手机呢？不过，现在还是应该先回答他的问题。

我们向他说明了那个人的情况。我告诉他，我找那个人是出于个人理由，一直追寻着她那七零八落的足迹，然后终于追溯到这里。

“这样啊……”

武田先生叹了一口气。他挪开了视线，这让我感到一丝不安。他时而看着我，时而看着Kami，然后缓缓地说道：

“千奈美，去旅行了。”

◆

“我有一件事想拜托你。”

在熙熙攘攘的人群中央，她站在我前方。

“我要做点什么呢？”

“请帮我保管我的手机。”

她将刚刚登录了应用程序的那台手机递给我，然后说：

“电话费我会每月支付。你只需要帮我保管就好了。”

“什么时候来拿呢？”

“我不会回来拿，也不会再用它了。”

“这样的话，把它丢掉不就好了？”

她摇了摇头，刘海也随之摆动。她把手机递到我手上。

“因为，我还是觉得不能道别是一件很悲伤的事情。”

她露出有点为难的笑容，明明是在笑，声音却给人一种压抑感。

“如果有奇怪的人打电话联系我，请帮我转告他们——伊藤千奈美已经不在了，不对，她去旅行了。谢谢你记得她。”

“再见。”

◆

难以置信。

我不愿意相信他的话。

那个人，今天也在某处看着那些从未见过的景色——就是这个意思吧。然而，我唯独不想知道的就是这一点。

“您为什么不阻止她呢？”

“大志同学。”

Kami制止了我。武田先生则是一脸苦闷。

“我没有阻止的理由。很明显，这是她经过深思熟虑之后决定的事情，轮不到我插嘴。”

“那么，这个呢？”

我给他看了Ai的账号。

“这个是？”

“我认识的一个女生。我一直跟她保持联系，但她突然把所有照片都删掉了。千奈美好像也在用这个应用程序，也很喜欢小鸟，所以——”

我有点语无伦次，但还是情不自禁地说道：

“我觉得，Ai和千奈美是同一个人。”

“Ai？”

这大概是我在内心深处期待着的结果。那个人是在两年前的一月将手机交给武田先生的。既然如此——

“请将这个账号的详细情况告诉我。她写下简介的时间也好，什么都可以。不对，归根究底，如果能看看在武田先生这边的手机的话——”

“抱歉，这个恕我无能为力。”

“为什么呢？”

“因为涉及个人隐私。”

一副大人的口吻，没有一丝反驳的余地，一本正经的强大正义感。

“我也很在意。但是，这也是无可奈何的事。”

他用左手按住额头，手指上戴着一枚戒指。

那股在心中激荡的炙热已经荡然无存，我低下了头。

“抱歉。”

“没事，我才应该向你道歉，帮不上忙。下次一起吃饭吧。如果可以，请将你们和千奈美的往事告诉我。”

做了这个约定后，我们就和武田先生道别了。

“Kami，你觉得会是怎样的呢？”

“我毫无头绪。”

在回程的路上，Kami有点焦躁地挠着头。

“不知道啊，一头雾水。千奈美到底是谁啊？听到大志的话后，武田先生不是也愣住了吗？我们遇到的那个叫作千奈美的人，到底是谁啊？”

倘若我们——Kami，武田先生，佐竹小姐，北见小姐的所见所闻都没有出错，那千奈美根本不是人类。怎么会有人历经二十年的风霜，依然保持同样的相貌呢？

“好恶心，想吐了。”

Kami在树荫处蹲下身子。我不知道该跟她说些什么才好。她和那个人相处的时间比我长。几天前，当我们的记忆还没重合的时候，对我而言那个人只是一个少女，如今却连其真面目都变得诡异，而且难以捉摸。

Kami抱着膝盖，她在哭。

“但是……怎么就死了啊？”

Ai和千奈美都消失了。

然而，第二天的早上依然如期而至。敲门，鞠躬，背诵事先准备好的标准答案，回家……在不知不觉中，夜幕已经降临。

人生，似乎意外地有其顺其自然的部分。

就算内心已经如同一具空壳，身体还是会不自主地活动着。尽管如此，有时身体就像是要抱怨一样突然感冒，然而不知为何偏偏在那些日子里头脑会格外清醒。然后，就会想着“明天也继续偷懒吧”这种无关紧要的事情。

我不认同这样的自己。然而，如果这样做能让心情轻松一点，偶尔如此也无妨。

稀里糊涂地过了一周，研讨会结束后，我开始为明天的二次面试做最后的准备。走出研究室时，手机屏幕上显示的是晚上十点，我快步走在鸦雀无声的校园里。到家庭餐厅买点东西后就回家吧——我一边想，一边走在前往车站的路上。途中，我看到了一个熟悉的身影伫立在人行道上。

“Kami。”

自从上次见了武田先生后，我就联系不上她。我叫了她一声，但她并没有回应。她的表情很空洞，眼睛凝视着流动的光芒。

难道说……我有不好的预感。就在我蹬地助跑的瞬间，她在红灯时迈出了脚步。

“喂！”

在千钧一发之际，我抓住了她的手臂。她一副如梦初醒的模样，双眸毫无焦点，只是低声说道：

“大志同学……”

那个人当时也是这种心情吗？

“我们散散步吧。”

我对Kami说道。绿灯亮起，我牵起她的手。

“抱歉，害你担心了。”

“没事，是我自己决定要帮你的。”

我们漫无目的地朝车站的反方向走去。Kami弓着背，低声说道：

“如果，我说我刚刚想自杀，大志同学会笑吗？”

“我笑不出来。”

“确实呢。”

她微微咧开嘴角，看向地面。

“我觉得自己很讨厌……我以前对千奈美做了很过分的事情。她什么都比我强，所以我就蛮不讲理地将怒气发泄在她身上。但是她很率真。我闯祸了，她还包庇我，宁愿自己当坏人。”

Kami的声音颤抖着。

“她太单纯，所以会勉强自己。要是能跟她好好谈一次就好了，要是她转学后也联系她就好了。不对，不是这样的。说到底，如果我没有做那种事就好了。然而，已经……”

她在栅栏旁边蹲了下来，眼睛下方的黑眼圈十分严重，一副筋疲力尽的样子。

“Kami的男朋友，知道你的烦恼吗？”

在伤心难过的时候，希望她的男朋友能好好陪在她身边啊。我就在她隔壁，却把希望寄托在一个素不相识的人身上。她用衣袖捂住了鼻子。

“抱歉，我撒谎了。我没有男朋友。”

“欸？”

Kami总是独自走在大学校园里。这是因为一些琐碎的事情——比如在她甩掉那些狂蜂浪蝶的时候，不知不觉间，旁人对她的印象也变差了。虽然不可理喻，但是这种事是无法避免的。她渐渐地失去了自己的位置。然后，某一天，在酒会上被揶揄后，她反驳道：

“是他们擅自跟我告白的，感到困扰的明明是我。”

若从不同的角度解释，这也许可以看作一句玩笑话。但是，Kami并没有掌握好分寸。

不知从何时开始，Kami这个昵称，有了另一层含义——

以神自居的自大家伙。

“我说自己有一个是上班族的男朋友，是假的。我想着这样做的话，一切问题就能迎刃而解了。这样做之后，最近来找麻烦的人的确减少了。”

“要是我知道真相的话，就不会叫你Kami了。”

“我说不出口啊……因为，我喜欢大志同学。”

话音刚落，Kami的眼泪便像决堤般涌了出来。虽然我觉得自己不能什么都不说，但能做的只有在一旁静静地看着哽咽不已的她。

"我不想被你讨厌。如果向你坦白，你知道我一直在骗你，我们就连朋友也做不成了。"

她一边擦眼泪，一边说：

"果然，我还是不能成为千奈美啊。"

Kami抑制住紊乱的呼吸，勉强地挤出笑容。

"这一定是因果报应吧。我想拥有自我，最后却变得如此丑陋……一切都毫无意义。Ai突然消失的时候也亦然，其实我在暗自庆幸，这样我就有理由陪在大志同学身边了……诸如此类的狡猾想法占据了我的大脑。"

她不停地道歉，声音嘶哑，还用指甲抓着自己的手臂。

我完全不知道Kami的心意。

"你可以讨厌我。"

她蜷缩着身子一动不动。我看着她那柔弱的背影，说道：

"我不讨厌你。至少，没有因为你骗我而讨厌你。"

看着她那张哭得梨花带雨的脸，我由衷地感觉到自己这么说是正确的。

口袋里的手机铃声响起，是武田先生。她看了一眼我的手机屏幕，微微抬起头。

"快接电话吧。"

"我是山浦。"

"抱歉，这么晚打扰你。我想告诉你，有人在Ai的账户上上传了照片。"

他的声音听起来有点雀跃。我急忙打开Ai的账户，然而页面上什么都没有。

“没有上传呀。”

“看来是上传之后马上又删掉了，还好我保存下来了。”

“是什么照片呢？”

武田先生沉默了一会儿说道：

“是傍晚时分的公园。”

我迫不及待地追问：

“那里有黄色的秋千吗？”

“这我就不清楚了。”

我心中有了结论。照片上的公园，就是我们相遇的那个地方。不知怎的，我对自己的这个结论很有信心。

“谢谢您告诉我，帮了我大忙。”

“关于千奈美——”

武田先生话锋一转，待声调变得平稳后说道：

“我再次想了想她的事情。这的确让人难以置信，甚至觉得有点恐怖。但是，那时候努力让我打起精神的人就是她，这是不争的事实。我认为将她这个人全盘否定，对她很失礼。”

这并不是客套话。武田先生也继续说道：

“有时间我们三人见个面吧。然后，我想知道你们认识的千奈美到底是一个怎样的人。我想多了解她。”

电话挂断后，我站起身来。

Ai果然是千奈美啊。

头发的颜色也好，年龄也好，住址也好，跟这些条件一点关系都没有，我再次喜欢上她了。

“大志同学，你怎么了？”

“Kami，千奈美还活着。”

她瞪圆了眼睛。

“真的吗？”

“是啊，Ai就是千奈美。”

说到这里，我看到Kami像是如释重负一般，但是瞬间又显得有点伤感。

“为什么大志同学那么想见千奈美呢？”

因为我觉得，只要见到她，我就会知道那时候与我擦肩而过的到底是什么了。

因为我觉得，这样我就可以再一次改变自我了。

“大志同学就是大志同学啊。跟千奈美无关，大志同学已经改变了。午饭、心仪的公司、阻止我自杀，大志同学已经变得能自己决定一切了。这并不是听从别人的意见，而是你自己做出的选择。所以，你不要去啊……”

Kami一脸悲伤地说着，还轻轻地拉着我的衣服下摆，我的身体也被她牵制住了。

但是，我想去见她。

那天的低语又在耳际响起——

“我不能回应你的心意。”

对于不会变老的那个人来说，这句话的意义非同寻常。这句话里面到底蕴含着什么感情呢？临别之际，她到底在想些什么呢？

那个人肯定在那里。

Kami靠在我的肩膀上，像是自言自语般柔声细语地问道：

“Ai真的是千奈美吗？”

“应该是。”

“你明天就过去吗？”

“嗯。”

“那就不能去面试了。”

“嗯。”

“真的不后悔吗？”

“嗯。”

一阵沉默之后，她仰望天空，仿佛已经放弃了一样，闭上了双目。

“千奈美被你这种跟踪狂喜欢着啊，我果然不是她的对手。结果，我两次都成了她的手下败将。”

她放声大笑。我终于忍不住问道：

“你该不会是撞坏脑子了吧？”

“嗯，的确有点不正常呢。”

“我改变了吗？”

“改变了哦。大志同学好像是第一次反驳我吧？”

“抱歉啊，我太任性了。”

“没关系。我还是喜欢你。”

我顾不上收拾西装和面试资料，直接在床上摊开了那本文库本——《写给你的秘密》。书中所写的，毫无疑问就是那个人。怀着这种想法，我重新看了一遍小说，果然又有不同的感受。与其说是故事，不如说更像是在读一本日记。

被性格自由奔放的千里吸引的由美，就是北见千冬本人的写照。对她而言，千里是一个怎样的人呢？是否就像书中故事一样，两人之间有着一段美好的友情呢？

side. 北见千冬

1990-11-20

从丛树影缓缓流动。在始发的东海道新干线（**注：由日本东海旅客铁道营运的高速铁路线路，连接东京、名古屋、大阪**）上，只听见呼啸的风声。

“只有我们两个人呢……”

千奈美一边说着，一边伸了伸腿。我坐在座位上看着她，叹了一口气。

“小千，你还好吗？会累吗？”

“嗯，不累。”

我口不对心地回答。其实光是坐着，我都有一种快窒息的闭塞感。手脚异常沉重，我知道自己的身体已经非常虚弱，然而还是装作若无其事的样子。

“十一月有点冷呢。”

“跟小千已经认识三个月了。如此一想，时间过得真快啊。”

“的确呢。我现在只想快点看到妖怪杉树。”

“嗯，我也很期待。”

她眯缝起眼睛，我也报以微笑。虽然脸上挂着赞同的表情，但我的内心却在想着别的事情。

我想去自杀。

到达那里之后，就纵身跳下悬崖。然后，一直滚落，就算被树枝刺伤也无所谓。

到时，千奈美会是什么反应呢？

你一定会困惑不解吧。你就是这样的人。虽然你说我们是朋友，但我完全没有把你当作朋友看待。

这是我的报复。

你给予我光芒。

那是耀眼得让人心生厌恶的光芒。

所以，我要给予你相同分量的影子。

我眺望窗外的景色。只见远处有一只小鸟，正在高空展翅飞翔。

◆

“人不能飞……”

在夏季进入尾声的那一天，有人喊住了我。

那时，在三楼的病房阳台，我准备纵身一跃。在停车场里有一名怀抱相机的少女，她抬头看着我，一本正经地说道：

“人不能飞，跟小鸟不一样。”

“我知道啊。但是，正是因为不能飞，我才要飞。”

她听到了我的话后，满脸疑惑地歪着脑袋。

“为什么呢？”

“跟你没关系。”

“啊……怎么会……不可以啊。”

她支支吾吾的，然后跑到了我病房的正下方，张开双手，一副要接住我的架势。

“好的，可以了。”

“你真碍事。”

“没关系的。”

“怎么就没关系了？”

无论我说什么，她都置若罔闻，只是一直保持着仰望的姿势，一动不动。

“我知道了，不飞了。”

我表示放弃，准备返回房间。但把手放在护栏上之后，我察觉到手臂没力，无法支撑身体，也许是检查太累导致的吧。

“你……”

我有点难为情地回头，她一脸不可思议地眨着眼睛，我又敲了敲栏杆说道：

“既然你阻止我了，那就负起责任啊，快来帮忙。”

距离那次相遇后，过了三周，千奈美挥着手，嘎啦嘎啦地推开病房的门。

“千冬，情况怎么样了？”

“普普通通吧，没有好转也没有恶化。”

“不是啦，我说的是小说。”

千奈美对我的病情漠不关心，反而问起了小说的进度。放在桌旁的原稿纸，雪白无痕。我喜欢看书，小时候经常阅读绘本，现在床头柜上也排列着文库本。在我谈到自己小学的时候曾想过当一名小说家时，她给我买了原稿纸。

“那么，机会难得，就努力试试看吧！”

但是，阅读和自己亲笔写作果然是两回事，我连思路都想不出来，根本无从下笔。

“怎么可能说开始就开始啊，初次尝试写作，不可能突然就下笔如有神……"

"别这么说嘛，你看，我又带了几张照片过来。不介意的话就当参考吧！"

床上铺满了颜色鲜艳的照片。她真不愧是旅行家，除了名胜古迹外，还有许多其他风景照。所有照片都洋溢着她的个人特色，就连随处可见的风景，似乎也散发出一种与众不同的氛围。

"千奈美拍的照片真的好美啊。"

"嘻嘻，不过我也只是一个摄影菜鸟。"

她不好意思地笑了笑。久违地跟同龄人对话，我也情不自禁地笑了起来。今天，她也随心所欲地跟我讨论了各种各样的话题。这个我行我素的少女突然闯进了我平凡的日常生活，在跟她相处的时间里，虽然我是被她牵着鼻子走的，但感觉倒也不坏。

◆

"小千，你那时候为什么想飞呢？"

千奈美抿了一口茶后问道。旭日在高山的彼岸升起，之后被隧道挡住了。空间的间隔感开始变短，让人有一种已经进入了山谷之中的真实感。我的眼睛追逐着犹如离弦之箭的荧光灯，回答道：

"因为治疗费非常昂贵。我弟弟明年就要考高中了，他应该想上私立学校。既然如此，钱应该花在活着的人身上。我现在不是在治疗而是续命。让前途一片光明的弟弟为了不久于人世的姐姐，放弃大好前程，这种做法太愚蠢了。"

"小千现在也还活着啊。"

“我的意思是不想给家人添麻烦。”

十七岁的秋天，正在上高中的我因为身体不适早退了。一周后，身体的无力感还是没有消失，于是我来到医院求诊。经过一系列的检查后，医生与我面谈，所以我知道自己被病魔缠身，而且病情不断恶化，我剩下的日子不多了。从那以后，已经过了两年。

“所以，前阵子你出院了，改成在自己家养病吗？”

“嗯，因为这样花的钱比较少。妈妈也不用每天去医院照顾我，轻松多了。”

其实，还有其他原因。

真相是——我想摆脱她。

她不知道我到底是怎样看待她那份天真烂漫的。

◆

今天，千奈美也在我的床上铺满了照片。

“千冬，你看你看！”

她得意扬扬地跟我讲述每一个按下快门的瞬间。一开始，这明明是愉快的对话，可我已经逐渐笑不出来了。

因为我发现，我和她是不同世界的人。眼前这些照片，都在向我诉说着一个无法逃避的现实:这个雪白的房间已经和世界脱节了。不知从何时开始，这个现实让我痛苦不已。

“千奈美，你不用再给我带照片了，谢谢你。”

我将信封塞到她手上，她一脸茫然。

“怎么了吗？”

“你给我看了很多照片，我已经心满意足了。”

“欸，我还有很多喜欢的照片想给你看呢。”

“不是这样的……总之，下次我们聊些别的话题吧。说一些别的……”

一些能填补我内心那个空洞的话题。

“嗯。那我下次带些能让千冬高兴的东西过来！”

她似乎胸有成竹，说完便得意扬扬地走了。大概一周后，她又来到了病房，双手提着一个纸袋子。她在我面前雀跃地打开了那个纸袋子。

“锵！这是我在旅行的时候买的礼物。”

我内心的空洞不仅没有被填补，反而被她挖得更深了。她以为我会为此而高兴，还兴高采烈地在我面前重复着这样的行为。我明明说了不要，明明已经拒绝了……我的容忍已经到达极限。

“千奈美，求你了，不要再说了。”

我大声喊道。她握着钥匙扣，眨着眼睛。

“请你不要再说了。我知道你的旅程很美好。但是，听你说这些，我很痛苦。听到那些我无法亲身经历的事，让我感到空虚。所以抱歉了，说点别的话题吧。”

“但是，我没有别的话题可以说。”

“既然这样，你就不用勉强自己过来了。”

你赶紧离开吧。我可不记得自己曾拜托你过来鼓励我。明明可以说些无聊的话，大家一起傻笑着度过的啊。

她抓着被子的一角，将视线挪到了病床上。

“这样啊，我明白了，抱歉。”

她缓缓地点头。要说我没有罪恶感，自然是骗人的，但是我松了一口气。最后，她低着头离开了。当妈妈进来看我时，我握住妈妈的手请求道：

“妈妈，我还是想回家休养。”

就算她再过来，等待她的也只是空空如也的病房。

如此一来，她应该就会明白了吧。

◆

我们换乘在来线（**注：日本铁路用语，指新干线以外的所有铁道路线**）后，在一个小车站下车。山间的天空白茫茫的，深秋的寒风刺骨。我们在挂着零星时刻表的等候室里，等待着开往登山道的公共汽车。

“千奈美，让你帮忙拿行李，不好意思啊。两个人的行李很重吧？”

“没事，你不用介意，是我提出要帮忙的，这点重量，小意思啦。”

“这样啊。”

“对了，小千，听说你的小说写好了？回去之后，绝对要让我看啊。”

“回去之后再说吧。”

“嗯，今天就给我看，说好了。”

她再三确认。据她所说，她才刚开始踏上周游日本的旅程，空闲时间也许不是太多。

不过没关系，就算不愿意，她也会看到的。

我不会让她如愿以偿。她想自我满足，但我绝不容许她这种自私的行为。

◆

“千奈美来找你玩了！”

妈妈说完便打开了我的房间门。我吃了一惊，放下了手中的漫画。

“千奈美来了吗？”

“哎呀，你们不是约好了吗？”

我出院回家休养这件事，她应该是不知道的。但是，之前跟她聊天的时候，我也许曾提及我家的情况。她是调查了之后才过来的吗？

“该怎么办呢？千冬，你今天身体不太舒服吧？”

我的病情在缓慢恶化。虽然对日常生活没有太大影响，但失眠和软弱无力的日子都渐渐变多了。在寒冷的早晨，关节和肌肉也会疼痛。

妈妈看穿了我的心思，笑着说：

“不如今天就让她先回去吧。”

我住院之后，妈妈辞掉了工作，寸步不离地照顾我。虽然她表面上很坚强，但即使化了妆，也难以遮盖她的疲劳。

“没事，让她进来吧。”

“好的。”

妈妈关上了门。不一会儿，千奈美的身影就出现了。她一边拉开椅子，一边环顾房间的四周。

“房间好可爱，而且好干净。”

“还行吧，毕竟我并不是经常住在这里。”

“这样啊。”

她来找我应该不是想说这种场面话的吧？于是，我也心不在焉地回答着，但她突然靠了过来。

“我想了一下，自己到底能做些什么。”

“然后呢？”

“然后啊……”

她开口说道。我有种不祥的预感。

“千冬，你告诉我，你有什么想做的事情吧。我会努力帮你实现的。”

头痛感袭来。她那自信满满的表情让我眼前一黑。

适可而止吧，我可没有拜托你做这种事情。

为什么要逼我去面对现实啊？她这份单纯和迟钝，让我焦躁不已。千奈美和我是两个世界的人。既然这样，我们在各自的世界里生活就好了。她不需要特地来到我面前，向我炫耀我们之间的差距啊，这样真的让我很难受。

一种带着恶意的感情涌上了心头。不管怎样拒她于千里之外，她始终不肯放弃。于是，我想到了一个很过分的计划，还因此不自觉地笑了。原来我还有心思去恨一个人啊。我将目光停留在书架上，流畅地说出这番话——

“其实，有一个地方我很想趁着有生之年去一次。你带我去那里吧，拜托了。”

千奈美并不知道我的意图，她如捣蒜般不住地点头。

“好的，我们一起去吧。千冬——”

这时，她突然噤口不言。

“怎么了？”

“有件事想请求你的同意……”

“嗯。”

“其实，我是第一次到别人家里做客，你是我第一个交到的朋友。所以，那个……”

她含糊不清地说着，在深呼吸了一下之后，像是窥视我的反应一般抬起双眼看着我。

“千冬，我可以叫你小千吗？”

◆

登山口处生长着郁郁葱葱的树木，我停下脚步重新系上了鞋带。千奈美则凝视着远方的浓雾。

“终于到了呢。真的不用休息一下吗？”

“嗯，我迫不及待地想看看妖怪杉树的真面目。”

要是我坐下休息，恐怕就没有力气站起来了。

“加油，小千！”

我迈步向前，千奈美拍了拍我的肩膀。

因为是千冬，所以叫我小千。那这样的话，千奈美也是小千吧，她有没有察觉到呢？

前方，有一棵树龄已经一千八百年的古树，人们叫它“妖怪杉树”。作为名胜古迹，它有一个正式的名字，“妖怪杉树”只是在一部以这个地方为背景的小说中，女主人公给它起的名字罢了。

“不错嘛，名字很奇怪，听上去很有趣。我也想看看实物！”

其实，只要是距离远的地方，我去哪里都无所谓，但千奈美兴致勃勃。之后，她频繁过来我家，帮我收拾行李和调整日程。

我也做了一些力所能及的事情。我反复央求妈妈，她终于答应让我外出。也向医院确认过了，如果只是一天，而且有人照顾的话就没问题。

“所以，为了能当天来回，我早上五点在家门口等你。千奈美，你到时来接我吧。”

我撒谎了。

其实我没有请示妈妈，也没有请示医院。“我和千奈美出去玩了。”我只留下这样一封信，就任性地离开了家。

“结果，小千还是没有把小说已经完成的部分给我看！干吗要藏着掖着呀？”

“别生气，因为最好一口气读完更有趣呀！”

关于小说，我一直无从下笔，然而在订下那个计划之后，居然下笔如有神助一般飞快地写完了。我故意将完成的原稿放在了书架的显眼处。书中所写的，是我被千奈美玩弄于股掌之间的故事。虽然没有明确交代登场人物是谁，但只要读过这本书的人，都会认为我是受了千奈美的唆使才会踏上这趟旅程的。

然后，我死了。看了妖怪杉树后，我纵身一跃跳下悬崖，一切都画上了休止符。

这样挺好的。为了妈妈和家里人，这是最好的选择。

比起接受我自杀的事实，让他们怨恨令女儿遭遇事故死亡的千奈美，或许会好受一点儿。我明明已经拒绝了光芒，明明已经让千奈美别说了，然而她还是一意孤行。

所以，我要让你负上相应的责任。

杂志说大概步行三十分钟就能抵达妖怪杉树的所在地，但我已经坚持不住了。我盯着崎岖不平的路，坚持不懈地迈出脚步。清晨的阳光穿过树叶的缝隙，照进来。

“好美啊。”

千奈美说道。但是，我已经没有心情回应她，身体极度衰弱，从里到外都在发出哀鸣。

“你走得太快了，等等我啊……”

我嘶哑地呻吟着。她却一边拍照片，一边轻快地迈着步子。

当初说要为我实现愿望的不是你吗？现在你独享其乐，这到底算什么啊！

突然，我脚下一滑。清晨的露水沾湿了地面，我的鞋底打滑踩空了。身体失去平衡，不听使唤地倾向悬崖的方向。糟糕了——我伸出手在空中挥舞着，想抓住些什么。我的双脚也离开了地面，已经无力回天了，但我猛地觉得一身轻松。

是啊。

没有必要在到达目的地之后，才实施那个计划。

就算现在，在这里终结也可以啊。

要死了，几秒之后我就会死了。

短暂的一生。如果可以转世重生，下辈子我想要健康的体魄。

“小千！”

千奈美注意到我之后大喊道。她抓着树干，身体前倾，立起脚尖，伸长了手臂。她那张拼命的脸就在我眼前，然后我下意识地抓住了她的手。

我的肩膀和腰部受到一阵钝重的冲击，接着还出现了耳鸣的症状，透不过气。我不由自主地蹲下身子。好不容易张开双眼后，我发现自己的视野因为疼痛而变得扭曲。环顾四周，才意识到自己还身处登山道上，但是看不到千奈美的身影。

“千奈美！”

我朝斜下方张望。只见她披头散发，仰卧在下方的位置上，双目紧闭，手脚仍保持着被甩出去着地后的状态，一动不动。

怎么会……怎么会这样……

“千奈美！”

我大喊着，一个劲地向昏迷不醒的她大喊。

虽然我不喜欢她，但是我绝对没有想过要她死。拜托了，我再也不会想那愚蠢的计划了，我会乖乖回家，不会再钻牛角尖，不会再胡思乱想了……拜托了，睁开眼睛吧。

“千奈美！”

她的脸缓缓地抽动了一下，那蓝色的双眸看着天空。

不久后，她看向我，一如既往地露出了温柔的笑容。

我们手牵手登上斜坡，不知不觉间似乎爬到了高处，远处那迎着阳光的群山映入了眼帘。我注意到她的脚步有点不自然，于是帮她分担了一小部分行李。那些东西的重量超乎我的想象。原来她一路上都拿着这么重的行李啊。

“为什么千奈美要为我做那么多呢？”

我下意识地问道。

“因为我们是朋友啊。”

她简短地回了一句。

“而且，我们约好了。”

“约好了？”

“你不是说过吗，‘那就负起责任，快来帮我忙’。那天，小千不是想飞出去吗，我阻止了你，所以我想做些力所能及的事情。”

“千奈美，我那句话并不是你说的那个意思啊。”

“咦，是这样吗？”

她瞪圆了眼睛的样子太滑稽了，我忍俊不禁。

所以她才这么努力啊……明明没有必要如此逞强的……

“千奈美真是一个笨蛋。”

“你生……生气了吗？”

“没有生气。快到了，我们快点走吧。”

我回握她的手，她嫣然一笑。

对不起。千奈美一直那么温柔。

过了一会儿，坡道猝不及防地到了尽头。眼前是一片平地，阳光洒落在小草和树木上。尽管没有任何标志和招牌，我们也猜到了。抬头仰望，就能看到妖怪杉树笔直地朝着天空生长，逍遥自在地伫立在一片寂静中。

“哇……”

千奈美发出了感叹声，然后架起了相机。

用“壮观”二字来形容它，真的非常贴切。杉树的树根到中部位置明明都是干巴巴的树皮，可是中部以上却如同爆炸一般，呈现出枝繁叶茂的景象。每当清风吹拂，如低鸣般的声音便将这个澄澈的空间包围了。此时，想来一个深呼吸的似乎不止我一人，我和千奈美张开双手，相视而笑。

我们在树根处席地而坐，吃着千奈美做的三明治。

"感觉像是在野餐呢！"

"这才不是那么美好的事情呢。"

温暖的阳光撒在身上，有种酥痒的感觉。我放松脸颊，把鸡蛋三明治撕成小块。千奈美则躺在绿苔上，问道：

"小千生病之前是一个怎样的人呀？"

我并不觉得这是一个很没分寸的问题，于是一边回味着舌尖上蛋黄酱的酸味，一边回忆往事。

"我的朋友还挺多的。"

"嗯。"

"我们会在天台一起吃便当，也会在朋友家里聊天聊通宵。为了做学园祭的展出品，放学后也一直留在学校，甚至还在学校过夜了呢。"

"听起来很有趣啊。"

"嗯，和朋友在一起最开心了。那时候，我经常盼着下课，一点儿都不在乎上课内容。"

她附和了一句后闭上眼睛，轻轻地笑了笑。

"那么……小千有喜欢的人吗？"

"嗯。"

"是怎样的人呢？"

"他是三年级的学长，参加了棒球社团，在学校很受欢迎。不是我自吹自擂，那时候也有向我告白的男生，但我都拒绝了。朋友们就去三年级的教室帮我侦查，还告诉我前辈也很喜欢我，然后……”

然后，我就住院了。

我和他们渐渐疏远了。“那我们下次再来看望你。”——这种约定，渐渐也变成一种表面上的形式。我不想让他们对我处处顾虑，于是选择了断绝联系。

“如果可以，我想过和大家一样的生活。哪怕只是一小段时间也好。”

我还想再体会一下这种日常生活的幸福。

千奈美一脸严肃，若有所思。

“嘿哟——”

她精神抖擞地站起身，麻利地收拾垃圾。

“我们该回去了吧。”

她一直都是开朗的人，应该对谁都是如此，跟我是否生病一点儿关系也没有。我猛然觉得眼前那个背着帆布书包的背影很可爱。

“怎么了？”

我抚摸着千奈美的头发，她一脸诧异。

“没什么，回去吧。”

我握住她的手，原路折返。回头张望，依然能看到妖怪杉树。青绿色的小草和树木随风摆动，一片悠然自得的景色。然而，我眼前的景象突然扭曲起来了。

大概是贫血了，我想停住脚步，可是双腿完全不听使唤。我整个人摇摇晃晃的，然后失去了平衡，缓慢倒地。等一下，现在不可以倒下，这样千奈美就真的成为千古罪人了。不对，是我在自欺欺人啊。我并不想活着。我果然——

我身处记忆之中。

这是似曾相识的景色。

模糊不清的视野逐渐变得清晰可见。

我在栏杆旁蹲下身子，双腿发冷，双目紧闭。要是被别人看到这样的我，真是无地自容了。我在内心祈祷:停车场的人千万不要往上张望。

刚才那个女生是怎么回事啊?

如果她装作没看到我，或是劝我，我还能理解。但她站在正下方说什么“可以哦”，让我百思不得其解。

病房的门打开了。她上气不接下气地飞奔过来，用力地抓住我的手腕。被她一拉，我摔在了阳台上。看到我回到地面后，她似乎松了一口气。我仰卧着，看到她那张泫然欲泣的脸。

为什么你看起来比我还难受啊?

我想开个玩笑，想逗她笑，于是说了一个笑话——

“好险啊。其实直到刚才为止，我都觉得自己好像能飞起来呢。”

星星点点的光芒照射着四周，随后逐渐蔓延，将黑暗包裹。太耀眼了，我明明闭上了眼睛，却还是挡不住。明明耀眼无比，我却阴差阳错地睁开了眼睛。这时，比刚才更加夺目的光芒照射进来。等眼睛习惯强光之后，我看到了眼前景色——那里出现了一片蓝天。

“小千。”

一张令人怀念的脸出现在眼前。五感逐渐变得鲜明起来，有泪珠划过脸颊。

我还活着。

我的人生，还没结束。

“千奈美，过来这边。”

“欸？”

“拜托了。”

我拉了拉她的手臂。细长的手指抚上我的喉咙，呼吸暂停后身体的感觉也变得迟钝。在我将要失去意识的时候，推开了她的手。她失去平衡，压在我身上。冰冷的空气充满了肺部，我感觉心跳恢复了。眼泪再次夺眶而出，像是断了线的珠子般。我用力地抱着千奈美。

“小千。”

“千奈美，我果然还是想活着。”

这是我心中所想，并没有什么原因，是打从心底的愿望。

如果我真的要寻死，那天估计已经成功了。在千奈美赶到病房之前，松开抓住栏杆的手就好了。

活着很痛苦。

然而，我还是想活着。

即使会伤害家人、朋友或是其他人，我还是想活在这个世界上。我想随心所欲地活着。

“小千，我可以说一些过分的话吗？”

耳际传来了她的声音，她那双小巧的手正抚摸着我的头发。

“我不想看到小千放弃。你跟我说过你想活着，所以无论多痛苦，你都不能认输。小千的痛苦也好，内心矛盾也好，我都一无所知。我知道的只是你很任性。”

她的语气很温柔。

“但是，你不要再想着寻死了。”

她轻轻地抱着我，那股柔和的力量，让我有活着的感觉。

有光才会有影。

有影就必定有光。

无论何时，我都希望自己能活着。

我从睡梦中醒来，眯缝着眼睛。夕阳洒满了电车，坐在座位上也能感受到铁道平稳的震动，仿佛身处梦境中一般。

“小千，你醒了吗？”

“……”

我背对着自言自语的她。这是太阳的颜色，还是紧闭的眼皮的颜色呢？我的视野染上了一片橙色。

“我差不多要走了。和小千在一起的这段日子，真的很高兴。我也是第一次和别人一起去旅行，开始还很紧张，担心旅途会不会顺利。如果我跟你说，我来到世上才一年，你会不会笑话我呢？”

她半开玩笑地说道：

“我不善言辞，认识我的人也都讨厌我，我想着自己是不是不适合跟别人相处。所以我很高兴，能像这样和小千一起聊天，一起欢笑。小千帮了我很大的忙呢。”

不对，明明是你救了我。

“但是，时间已经到了，还有很多我未曾遇见的风景和人物，我要留下所有的记录，要去拍更多的照片。”

千奈美已经下定决心接受自己未臻完美的部分，背负起一直受到伤害的命运。她决定坚持走下去。而这样做，正是为了她自己。

“我不会忘记的。”

她的声音很坚定。我不禁感叹，她果然很厉害。

“你是我第一个交到的朋友。到最后一刻，我都不会忘记小千的。”

眼泪在眼眶里打转，我只是一个劲地强忍泪水。

为了让千奈美能了无牵挂地踏上旅程。

“到了！”

“到了呢……”

在我家门前卸下行李后，我们伫立在道路中间目送着出租车远去。电车的声音，树木的沙沙声，还有孩子们的嬉闹声。熟悉的大街，这是比过去更美丽的大街。

“我玩得很开心，小千。”

“我也是。”

她拿着帆布书包。终于到了分别的时刻，我想起一件重要的事情。

“还有一件事，说不定你已经忘记了。”

“什么事？”

“小说。”

“啊。”

千奈美扔下行李。

“是啊，我得读完再走。”

“还是不给你看了。”

“为什么?!”

“整体来看还是不太满意,我想重写一遍,所以暂时不能给你看。而且你不是要走了吗？”

千奈美耷拉着脑袋说道：

“你说的话也有道理。”

“不过啊……”

我立下誓言。

“我想请你再等我一下。在剩下的这段日子里，我会努力完成小说，让它成为家喻户晓的作品。所以，看到这部小说时，千奈美一定要认真读一下。”

“你的意思是……”

“不过，不能听到你的感想有点可惜呢。”

千奈美轻轻地摇头，然后抱着我小声说道：

“我相信你，我等你。无论多久都好，我会一直等着你的。”

她架起了相机，只按了一次快门。她背上行李，一边凝视着我，一边渐渐远去。我们的距离，一点点拉开了。

“我很期待！”

大喊一声后，千奈美扭头迈步前进。一步，又一步。清风吹拂着她的秀发，她的背影，消失在我的视线里。

“千奈美！”

我高声呼喊，发出了嘶哑的声音。

“保重啊！”

她停下脚步，向我挥手。

我觉得她大概是在笑吧。

背影渐渐和景色融为一体。片刻后，无论我怎样聚精会神地凝视，也无法看到那个背影了。

早晨来临，我从床上起身，伸出软弱无力的手臂，从书架上抽出原稿。

我将整份原稿扔进垃圾桶，然后暗自发问——有完成这个故事的决心吗？为了完成这个故事，做好了献上剩余生命的心理准备了吗？

我想诚实地直面自己。

要承认自己还有生存欲望是一件很虚无的事情。在还无法触摸这个世界的大部分光芒之前，我就会消失，这是无法抗衡的命运。最后的日子会是怎样的呢？我开始变得恐惧死亡。但是，正因为这样我才必须写，必须留下最后的回忆。就像千奈美用照片记录，我也想用文字写下我的心情。

我坐在桌前，摊开平滑的原稿纸。一个未启程的故事，一个纯白的世界正等待着我。

其实，人类真的可以飞翔。

只要有希望飞翔的心就可以了。怀抱着这份心情，我能去任何地方。就连那个不为人知的，遥不可及的地方也可以。

“你要好好等我哦。”

我准备写一部非虚构的文学作品。光是看故事，可能无法了解两位主人公之间到底经历了什么。在这个世界上只有一个人，她和我一起度过了同一段岁月，只有千奈美会注意到我的决心。

所以，这是一封信。

标题非它莫属。我握着铅笔，脑海里不断浮现那个笨拙但天真的朋友的身影，我们只相处了几个月。

我想再次和千奈美相见。

尽管那个时候我已经不在世上了。

我写下第一个字，故事开启了。

沐浴在和煦的阳光里，我的确曾经生存在这个世界上。

side.北见千冬
1990-11-20

叔叔：

好久没给您写信了呢。

我也差不多习惯这种生活了。

生命，终究会完结。

我以为自己深谙这个道理。但是，这不是一件简单的事情。我能否直面种种不同的时间洪流呢？

也许，正如叔叔所言。

也许，我应该视若不见。

但是，我仍然愿意相信，我们能心意相通。

我不是人类。即便如此，我还是想和她一起迈步前进。

千奈美

一九九〇年十一月二十八日（星期三）

side. No.06742311-2
1989-08-14

海风轻拂脸颊，海鸟翱翔蓝天，发出咕咕的鸣叫声。引擎启动，渔船在清晨平静的海面上划出一道道波纹，朝着一个小岛进发。我抓着栏杆站起身，朝船长高声呼喊：

“麻烦你载上我，真不好意思。”

“只是顺便啦，反正我也要出海捕鱼，不用介意。要在那里傻等三个小时，也太可怜了。”

“以前的摆渡船明明不止那么少的啊。”

“怎么啦，你的朋友在那边住吗？”

“是的。”

船渐渐减速，防波堤处泛起了白色的巨浪，对面出现了我熟悉的码头。

好怀念啊，离开这座岛，已经将近三十年了。

我回想起那段日子。刚刚来到这个世界的我，就是在这里开启了人生的旅途。

◆

感受到光芒后，我睁开眼睛，眼前是一片天空。

我抬起手臂，只见上面沾着细小的颗粒。我就这样躺在沙堆上面。那些水反射着徐徐上升的阳光，略带咸味，我由此得知自己身处海边。

“你就是继任者吗？”

声音的主人从防沙林中现身。此人步幅规律，姿态端正，额头上刻着几道深陷的皱纹，外表跟传闻中的如出一辙。我低下了头。

“初次见面，以后要麻烦你了。”

“嗯，彼此彼此，以后就拜托你了。”

男人面无表情地说完后，背对着我迈出步子。这个动作仿佛在对我说“跟上来”，于是我慌慌张张地跟在他后面。

前任者的家在远离城镇的悬崖上。砂石路上遍布郁郁葱葱的植物，小鸟的叫声此起彼伏。在男人的带领下，我来到了一间木屋，穿过昏暗的客厅后，坐在沙发上等了一会儿，便看见他从书房中走出来了。他把一个皮质的挎包放在我的膝盖上。

“打开看看吧。”

挎包里面放着一台银色的胶片相机。他坐在椅子上说道：

“这是你的记录装置。”

我拿起相机按了一下快门，随后听到轻轻的一声“咔嚓”。

“你可千万别弄丢了。虽然我把它的外形设计成相机，但在这个星球上，它始终是超前的高科技。”

“明白了，我会多加注意的。”

其实，要说引人注目，我本人比这个记录装置可是有过之而无不及。

“你在笑什么？”

“我笑了吗？”

“这谎话太假了。”

我不由自主地捂住嘴角。“形状为相机的那个东西”失去了支撑点，从我的膝盖上滚落，掉到了地板上。我弯下身子去捡，然后听到头顶上方的一阵叹气声。

"真让人放心不下啊。"

"很抱歉。"

我必须变得可靠。若是这副样子，根本无法胜任继任者的工作。

因为，我来这里的目的是观测这个星球。

这个名为"地球"的星球，飘浮在数亿光年的边界位置，"研究者"似乎都不太重视它。

"因为我们是便宜货啊。"

前任者有点自嘲地说道。

"为什么这样说呢？"

"因为我们的身体是由未经岁月洗礼的现有材料制成的。"

"若是如此，我们的性能不是很好吗？"

"随意使用也不会坏掉，所以十分便利。当然，食物和为了保证如常运转的适当休息还是有必要的。"

他盯着反射在窗户上的影子，语气平淡地继续说道：

"不过，即便如此，人类应该也无法识破我们。在地球和研究者之间，有一道不可逾越的技术鸿沟。"

"差距大概有多大呢？"

"如果研究者是人类，那么人类就是昆虫吧。"

前任者看向远方，冷冰冰地回答。

我的装置伪装成了单眼相机，只要按一下快门，就能记录很多资料。它也具备胶片相机原本的功能，但是很难调整焦距和曝光。我正把注意力投放在失败的取景器上，这时前任者的话打断了我的思绪。他郑重其事地再次就我们存在的意义进行确认——

“听好了，你的记录对象有两个，分别是地球的风景和支配着地球的生物——人类的生活状态。这个星球资源匮乏，全体生物的智慧水平低下。对研究者而言，唯一有价值的就是——”

“感情。”

为了向他强调我已经充分了解，没等他说完，我便同时回答。根据之前阅读的资料，我收集感情的理由是——

“因为人类很愚蠢。”

前任者微微点头。

“没错，其他星球中也有跟人类的智慧水平无异的生物，但他们不会被感情或是同等的精神活动牵着鼻子走。每一个社会都井然有序，安定平和。与之相比，地球的现状差强人意。人类不去学习先进技术，反而你争我夺，重蹈覆辙。在研究者眼里，地球就是一个笑话。事到如今，他们居然还没意识到自己有多愚蠢，真是低级的生物。”

前任者站起身，说了一句“明天要出发前往城市了，做好准备”，说完便关上了书房的门。我称他为“叔叔”，我们的关系不至于如陌生人般疏远，但也不会像父母与子女般亲近，所以这个称呼最贴切。

叔叔指着道路上各种各样的事物向我发问。

“那棵树是？”

“松树。”

“那个标志是？”

“限速三十公里。”

“那个呢？”

“无人问津的超市。”

“千万不能在别人面前说‘无人问津’这几个字。”

从叔叔那里继承的记忆没有任何差错。应该记录的风景，语言的规范，货币的使用方法和身份证的制作方法。掌握这些基础知识的话，日常生活应该就不成问题。然而，这些记忆并不能原封不动地照搬。

“不是这样，笑容要更加灿烂。”

叔叔拉着我的脸颊，嘴角的上扬程度比我想象中多了五毫米。我向迎面而来的女人打招呼：

“这是您的女儿吗？”

“不是，她是我的侄女，是过来做客的。”

无聊的对话过后，我们又迈开了步子。

“你以后要像刚才那样笑。”

“比叔叔还要夸张啊。”

“你外表年轻，这种夸张程度正好合适。”

“遵命。”

叔叔听到我的回答后，脸色变得阴沉。

“你的用词有时候很奇怪啊，说不定是被我的说话方式影响了。发现问题时我会纠正你，你自己也要多加注意。”

“好的，遵命。”

“应该说，我明白了。”

“我明白了。”

“或者是，明白了。”

“明白了。”

叔叔反复指着我的鼻尖，苦口婆心地重复道：

“你是一个十七岁的女孩子啊。我们之所以佯装成人类的外表，是为了更好地融入人类的生存环境。不用我说你也知道，人类在面对同类的时候，感情表达是最丰富的，所以我们要尽量用人类的方式生存。”

叔叔吩咐我回家后练习做饭。他让我先从简单的菜式入手，所以首先要攻克的是奶油炖汤。因为继承了叔叔的记忆，所以做法不成问题。比起知识，叔叔更看重经验。我遵从他的指导，抱着塞满食材的塑料袋说道：

“为什么研究者不把我跟叔叔的外表做成一样的呢？这样的话，个体差异的修正工作也会减少。”

我的人形外表是一名女性。雪白滑嫩的肌肤，稍微隆起的胸部，头发颜色明亮，发丝会随着举手投足的动作轻盈地飘动。以人类的评价标准来说，我应该算是一个“相貌标致，惹人怜爱”的女孩子。但是正因如此，对我而言，身为男子的叔叔的言行参考价值不大。

“不，你的性别是我决定的。研究者没有回复我发送的任何报告，只有那个‘将继任者制作成女性外表’的申请通过了。”

“为什么要执着于制作成女性外表呢？”

“你仔细想想就明白了。如果我们同时向人类搭话，他们会对哪一方疏于防范呢？”

叔叔所指的方向，有一群孩子在地上画圆圈，他们在玩一个名为跳圆圈的游戏。我想象了一下具体情景。从身高和印象等多方面考虑，如果搭话的人是我，大概会比较自然。

“就是这样。所以，你是最合适的人选。”

“哦。”

我随口回了一句，语气轻浮得让人难以想象是从我这张嘴说出来的。

“相对来说，你好像是一个喜新厌旧的人啊。”

我正抬头仰望飞机云，叔叔则一脸无奈地叹气。

来到这里差不多一周，我明白了几件事。

我这个“十七岁的女孩子形象”，是研究者根据叔叔的报告随意制作出来的。而在此基础上构成的性格部分，在无意识地支配着我的一举一动。叔叔将我的这种性格形容为“好奇心旺盛，注意力不集中”。

例如，我会说这样的话——

“为了增添咖喱的风味，我放了一点巧克力。味道怎么样呢？好吃吗？”

“啊，忘记晾衣服了。”

“我可以爬上屋顶吗？今天可以看到流星雨呢。”

“抱歉，汤洒出来了，锅也烧焦了……”

我只关心自己感兴趣的东西，不感兴趣的东西一律置之不理。叔叔也不明白为什么会这样。那天，我一边笑着说“台风要来了，好兴奋啊”，一边把胶合板钉在窗户上。我的这个举动让叔叔倍感惊讶。

感情都有名称。“兴奋”就是其中之一，要是它只是一种单纯的情感，那么在某种程度上可以加以区分。但是，正是因为这不是一种能一言以蔽之的感情，我才作为观察者来到了这里。开始调查之后，我到底会遇到怎样的复杂感情呢？在从超市归来的那段熟悉的路上，叔叔严肃地对我说：

“你那天真无邪的性格，从积极的方面来说是善于交际。你要活用这种性格，努力与人类交流。很不凑巧，我性格过分理性，不擅长交际。”

“的确，叔叔倒是拍了很多风景照呢。”

叔叔从一九〇〇年的上半年开始到处游历，记录的风景数量十分庞大。另外，他和人类的交流却非常有限，因此也没什么接触到人类感情的机会，这也是他申请“需要一个女性外形”继任者的原因吧。虽然自己这种天生迟钝的性格差强人意，但我也不想让叔叔失望。我仰望大海彼岸，那是我即将展开旅程的地方。叔叔和我生活在一个由几个大岛和数千个小岛组成的岛国。

“对了，我们还有别的同伴吗？”

“我也不知道，至少附近一带是我们两人负责。如果你问的是世界范围，我和他们也没有联系，所以不得而知。”

这个安排也太随便了吧，我无法理解。叔叔看着我，耸了耸肩。

“我不是说过吗？地球是一个无关紧要的星球啊。”

我们离开了柏油路，登上未铺好的坡道。被低矮的树木和热带植物覆盖的隧道，像是秘密通道的入口一般，是我喜欢的秘密场所。在差不多到达木屋之际，我无意间看到脚下沟渠的边缘掉落了一个茶色物体。靠近一看，发现它有着紧闭的眼睑，小巧的嘴，轻轻颤动的湿润羽毛，是一个微微抖动的生物。

“是麻雀的雏鸟。从鸟巢上掉下来，然后被老鸟抛弃了吧。”

叔叔说完，就大步流星地走了。我相继看着远去的身影和衰弱的雏鸟，大声喊道：

“我想养它。”

“你已经自顾不暇了吧。”

“不过这也算是一次经验吧？求你了，我会好好照顾它的。”

我感觉叔叔双眉之间的皱纹变深了。

“随便你。”

他说完这句话后，就关上了玄关的门。我将雏鸟放在手心，急忙赶回家了。总之，得先让它恢复体温。

叔叔答应让我饲养雏鸟，但有一个条件——

观察者的学习，不能松懈。

我独自照顾着雏鸟。

我拉出纸皮箱做了一个鸟巢，叔叔一副漠不关心的模样。

“叔叔，你讨厌Piyo吗？”

“Piyo是什么？”

“我给小鸟取的名字。”

“名字可不能随意取。”

“不过，也不能叫它麻雀呀。”

Piyo正在等待新家竣工，在毯子上活泼地啼叫。叔叔刷刷地翻着报纸，语气生硬地说道：

“我不是讨厌小鸟，只是它跟我毫无关系罢了。”

“叔叔真冷漠。”

“说这样也可以的人可是你啊。”

我皱着眉头挡在电视机前面，模仿在超市里看到的小孩的动作，鼓起了腮帮子。

饲养小鸟比想象中更费心神。若是它饿肚子，身体便会马上变得衰弱，所以我每天都六点起来，隔一个小时就给它喂食一遍。它没有精神的时候，我就帮它盖上毯子，用台灯给它取暖。晚上，我则借着台灯的光看书。

我已经逐渐习惯和Piyo在一起的日子。那天，我打扫完暴风雨过后散落在玄关前的落叶，就开始着手准备午饭。我想在等水烧开的那段时间准备Piyo的饲料。打开冰箱一看，才注意到已经没有罐头了。

“啊，不好了。”

我有时候会把罐头和饲料混合喂Piyo，因为这样能给它补充更多营养，而且它好像也很喜欢吃，但是罐头上周好像已经吃完了。我一边向Piyo道歉，一边用普通的饲料喂它。叔叔从书房走出来，在我们吃素面的时候，我下定决心发问：

“叔叔，我可以一个人去购物吗？”

他停下了手中的动作，沉默着点点头。我将餐具泡在洗碗槽里，战战兢兢地接过钱。他反复叮嘱我，一定要小心。我高声回答一句“知道了”之后就出门了。

这是出生以来第一次，我独自踏进外面的世界。

水坑倒映着一望无际的蓝天，树叶前端的露珠折射出虹色的光芒。雨后的大街非常热闹，耳边响起抖擞精神的蝉的大合唱，我迈着大步向超市走去。

“你好！”

“哎呀，今天是一个人来啊。”

“是的！我来买小鸟的饲料，还想买鱼，请问有什么推荐吗？我正愁着晚饭吃什么。”

店员阿姨目不转睛地盯着我。

“怎么了吗？”

“啊，抱歉，没事。因为你平时很少说话，我还以为你是一个文静的孩子呢。”

我一直跟在叔叔后面，她会这样想也不奇怪。

“我看看，今天的黄肌金枪鱼不错呢。”

阿姨笑嘻嘻地回答。我听到后，嘴角也不自觉地上扬。

“对了，店长多进了货，所有剩了一点面包。等一下送你一点吧。”“哇，太感谢了。”“对了对了，你听我说啊，我家儿子最近突然说想玩音乐。”“真的吗？”“因为这件事，他还和他老爸大吵了一架。你觉得呢？这个岛上没几个和我儿子年纪相仿的女孩子，所以想问问你的看法呢。我是觉得随他喜欢就好了……”

我听着阿姨说她的家事，不知不觉间赠品便堆积如山，甚至比我还高。叔叔看到后吃了一惊。我还是第一次看到他这样的表情，不禁感觉有点得意扬扬。

从那之后，我就拿着记忆装置在小岛的各处探险。隐藏在山间的祠堂，在悬崖下盛开的野花——只要迈出一小步，就有许多新发现。我想去看，想发现——这种无止境的欲望在心底深处涌出，促使我随心所欲地到处旅行。

“你最近挺活跃的嘛。”

“嗯，因为很有趣呀。”

窗边的Piyo软软的，圆圆的，正在打盹。我向着它按下了相机的快门。虽然摄影技术还不是太高超，但我喜欢这种胶片拍出的照片，因为它能将美景留在身边。Piyo一天天长大，羽翼渐丰，开始在房间里飞来飞去了。

“你做好心理准备了吧？”

“什么心理准备？”

“雏鸟将要离巢了，以后你再也见不到它。”

叔叔的话音刚落，Piyo就扇动翅膀飞起来了。它笨拙地穿梭在观赏植物的叶子之间，最后落在我的肩膀上，洋洋得意地扇动翅膀。我看着它说道：

“没关系，不要伤心。”

我们要去看未知的风景。为此，即便要分别，也不足为惧。

“叔叔，Piyo展翅离巢的时候，我可以跟它一起出发吗？我已经累积了相当多的经验，也可以独立行动了。”

“对呢。”

叔叔缓缓地点头，那天，他久违地做了晚饭。期盼已久的冒险终于得到了叔叔的许可，我激动地躺下，心情久久未能平复，最后在不知不觉间睡着了。

第二天早上，我一如既往地在六点起床。和叔叔共同生活以来，正好过了两个月。

“Piyo，早上好。”

我向移到架子上的鸟巢打招呼，捧起一小把稻米从厨房出来，然后撒在了巢穴前面。每当这个时候，Piyo都会精神饱满地出现。

但是，那天它毫无反应。我踮起脚尖窥视，纸皮箱空空如也。我翻箱倒柜地寻找它的身影。叔叔被响声吵醒，询问了原因后，一脸愁容。

我不知道自己找了多久。最后，在客厅的沙发底下，发现了Piyo冰冷的尸体。我花了一段时间，才接受了它已经死亡的事实。

叔叔提着酒精灯，带着我来到了深夜的海边。沙滩的海浪声格外响亮，我一声不吭地拿着铲子。

“从你给小鸟取名字的那时候开始，我就害怕这一刻的来临。”

背后传来了叔叔的声音。

“死亡是平等的。超市货架上的鸡肉也好，落到地上的蝉也好，它们的生命已经结束了，这一事实是不可逆转的。然而，你只对这只小鸟的死倍感伤心。这是因为你对它的感情，给予了生命另一层意义。”

我只是一味地用铲子挖坑，最后挖出了一个对Piyo那幼小而轻盈的身躯而言过于巨大的坑，它将在此处沉睡。

“拥有了意义的生命对你来说举足轻重，你的思考和行动也会随之被束缚。我们观察人员并不需要这份感情。从今以后，你不要对其他东西过分关心。你会和无数的人相遇，也会经历无数次分离。你根本没有那么多时间困于这种感情中。”

叔叔拉着我离开海滩。走了十步后，墓穴已经被黑暗吞噬，当我再次回头张望，已经连墓穴在哪里都不知道了。

从那之后又过了两周，如果Piyo还活着，它现在应该可以展翅离巢了吧。然而，我还留在岛上。现在不是悠闲度日的时候，我以继任者的身份来到这里，是因为叔叔想结束自己的使命。在他停止运作，被研究者回收之前，我想让他看到我能独当一面，让他安心。最重要的是，在最后时刻来临之前，我想尽可能地留给他更多的时间。

然而事与愿违，今天我也目送了最后一趟摆渡船。我拖着沉重的步伐登上山坡，打开书房的门，里面空无一人。我每天早上目送叔叔启程，然后去买一个人的饭菜，最后回家。我抱着膝盖坐在椅子上。我让叔叔失望了吧，真想就这样消失。

自责累了，我便环顾书房。叔叔房间的其中一面墙上，贴满了扫描完毕的新闻摘要和明信片。光是看着这面墙，就大致明白人类的发展和时代轨迹了。

叔叔独自一人观察着这段动荡的岁月。我这副样子，到底能不能胜任他的继任者呢？我摇摇晃晃地走出房间，突然被柜子绊倒了，有东西掉到地上。

糟糕了。我回头一看，无数个信封散落在地上。我慌慌张张地抱起那堆信，视线则停留在从信封中掉出来的一张便条上。上面圆润的字迹吸引了我的注意力，我不禁阅读起便条上的文字。

“最近，我经常梦见你。很奇怪吧，明明只是和你互通书信，却能想象出你的样子、声音和谈吐，就连在梦境中，你也那么清晰。我想见你，想和你说话。那个时候，无论你的外表如何，我也一定可以一眼就辨认出来吧。”

那是一个女子写的信。这段对话的内容，并没有在叔叔遗留给我的记忆里面。在好奇心的促使下，我找起其他日期的信件。

这到底是什么呢?

手上的便条，每一张都在叙述着同一份感情。然而，我搞不懂这样的感情。直白却毫无规则，每一封信都像是在传达着一个信息。这就是——

“你在干什么？”

门外响起的声音把我拉回了现实。周围的便笺堆成了小山。我刚想打开最后一封，但一只大手抢在我之前把它夺走了。叔叔盯着信封，长吁了一口气，像是投降一般说道：

“对啊，应该好好跟你说一下的。”

“和她相遇已经是四十多年以前的事了。我被分配到这里之后不久，就在一个都市的报社工作。一天，在深夜下班回家的路上，我从歹徒手上救了她，这就是开端。”

在白炽灯的映照下，叔叔靠在躺椅上。夜幕降临到小岛上。

“那时候，我并没有自报家门就离开了。她光靠我的背影就找到了我的工作单位，还寄信过来了。我回信后，我们就顺理成章地开始了书信来往。她好像是西方世家出身，还跟我说了许多我闻所未闻的生活。”

每一张便笺的结尾，都写着温文尔雅且留有余地的字句——“若您不介意，请给我回信。”在有点拘谨的文风中，流露着一份凌驾其上的情感。

“这个人的感情，该称作什么呢？”

我无论如何都想知道。听了我的问题后，叔叔双眉紧皱，沉默了很长时间后回答：

“爱。”

这份感情用这个词语命名。看起来明明是无比复杂的情感，却如此简单地总结，真让人意外。

在互通书信的过程中，这位女子“喜欢”上叔叔。

“这份色彩斑斓的感情，光看文字就表露无遗，叔叔会如何处理呢？”

我满心期待地询问。然而，叔叔笑了一下说道：

“放任不管。”

然后，他将刚刚那封信递给我。

“给你看也无妨，这是她写的最后一封信。”

我揭开银色贴纸，取出便笺。便笺数量比想象中少，只是普普通通的对话。

“目前为止，我们到底给对方写了多少封信呢？明明只是陌生人，但仿佛很了解对方呢。希望这样想的不止我一人，如果您也跟我有同样的感情，我将感到欣喜。期待下下周与您相见。我想见见您本人，直接和您对话。”

“这样就结束了吗？你和这个人见面，聊了些什么呢？”

“不，我们没有见面。”

“为什么呢？”

“因为战争开始了。”

叔叔的语气显得十分理性。

“之前已经有战争的预兆了。然而，这个国家陷入了比想象中更严重的混乱之中。要留在她身边的方法有千千万万种，但是要记录人类的生存状况，这是千载难逢的机会。”

叔叔选择了作为观察者的使命。

“但是战争已经结束，再去见她一面就好了呀。”

“不可能了。战争结束的六天前，那个寄信地址上的家已经毁于一旦了。”

我屏住了呼吸，回想起书房里的资料。八月，刻在这个国家的两道巨大的伤痕，现在也作为惨剧的象征一直被口耳相传。

“我寄出的信全部没有回音。我连她在哪里，是否还活着都不得而知，但是现在，我反而觉得这是一件好事。”

叔叔凝视着我说道：

“就算她还活着，就算我知道她在哪里，那又如何呢？相隔数十年，和容颜未老的我相遇，知道我其实不是人类，她会怎么想？我们一开始，就不应该跟人类有过多联系。”

这就是叔叔在现实中得出的答案。

“这是可以避免的感伤，没有必要飞蛾扑火。只要装作心意相通就可以了。直到分别都一直保持的话，这就会变成对方眼里的真实。”

我沉默地将信封还给叔叔。

到现在为止，叔叔都在想些什么呢？我感觉自己的意识仿佛变得模糊了。

摆钟发出响声，我躺在被窝里考虑着自己的去路。

叔叔所说的话一定是有道理的。如果内心脆弱，无法忍受分离之际的悲痛，那么从一开始就不要付出真心。我明白的……虽然明白，但是刚才那封信件的内容依然在我的脑海里挥之不去。脑海里浮现各种选择，然而每一种仿佛都不是正确答案。

我溜出家门，在海浪声的引领下，自然而然地走到了海边的沙滩。防沙林随着温和的风摇动，我跪在沙土上，轻轻闭上双眼，双手合十。

“Piyo，告诉我，我应该怎么做呢？”

以利用为目的，和人类接触，这种关系是经不起考验的。如果这就是观察者的做法，那么那位女子心中的“爱”也好，叔叔的“悲伤”也好，都没有任何意义。

——“说这样也可以的人，是你吧。”

记忆中的声音响起，我不禁回想起Piyo在我手心时的那份温暖，就像环环相扣一般，那段色彩斑斓的日子也在记忆中苏醒。

我不眠不休地凝视着它颤抖的身体的那个夜晚。

我独自出门，雨过天晴后的灿烂。

看到赠品时，惊讶得眼睛瞪圆的叔叔的表情。

我一动不动地伫立着的那个早晨的宁静。

“这一切都毫无意义”——我能说出这样的话吗？

“Piyo，谢谢你。”

我取出照片，将它立在墓碑前面。

“再见了，我下次再来看你。”

我小声地呢喃，有一种豁然开朗的感觉。

黎明时分，水平线被照亮。青白色的朝阳映照在码头上。我和叔叔等待着踏上旅程的时刻。

“终于要出发了啊。”

“嗯。”

我吸了一口清新的空气。在被离别的不舍占据思考之前，我必须告诉叔叔。

“叔叔，我还是想试试和人类一起生活。”

叔叔不为所动，一脸冷漠。我继续说道：

“的确，如果没有捡到Piyo，我就不会如此犹豫不决了。但是，Piyo也让我遇见了许许多多的东西。对人类付出真心，最后可能会伤心流泪。可即便如此，我也不想连自己亲身经历的这段时间里都要伪装。”

会感到悲痛，正是心意相通的证据。

“我不想逃避。我会好好接受这份痛苦，然后向前迈进。”

离别，一定不是单纯地说一声再见。

摆渡船驶出海面。阳光似乎很刺眼，叔叔眯细了眼睛。

“看来，我已经没有什么可以教你的了。”

他慢条斯理地从胸前的口袋取出一张便笺，然后在上面写了几个字后递给我。随后说道：

“最后，这是你的名字。”

那张纸上，写着五个字。

这就是我的名字。

“我们是仿造品，就算再怎么模仿也不可能成为真正的人类。但是，如果是内心纯洁的你，说不定能到达我无法企及的高度。”

“您给我取名字，可以吗？”

“这次是特例。”

我第一次看到叔叔的笑脸。那个仿佛大功告成一般的表情，让我的心揪了起来。入海口处响起了汽笛声。

“去吧。你的心中所想，就由你自己去证明。”

◆

“非常感谢。”

船只靠岸，我从船的边缘跃到码头上。船长握着船舵，一边掉头，一边挥手。

“注意安全，小妹妹！”

我朝他招手回应。在和那天一模一样的位置送别船只后，我踏上了让人怀念的道路。物换星移，果然Piyo的墓碑已经找不到了。小镇一片冷清，居民都是老人居多。

观察任务已经结束了。现在的交通工具飞速发展，所以我能有效率地记录人类的生存状态。叔叔没有拍摄的风景我也一一补充，顺利地完成了对这个星球的探索。接下来，我只需等待最后时刻的来临。

家附近的景象和以前大相径庭。我拨开长长的杂草来到玄关，穿过结着蜘蛛网的走廊。我在客厅放下行李，然后缓缓地推开了书房的门。

“叔叔。”

当然，那里空无一人。物品的摆放方式稍微改变了，不过可以知道，在我踏上旅途之后，仍然有人在这里生活。完成观测的观察者，会在不留下技术痕迹的状态下被清除。那个时候，叔叔在做些什么呢？我环顾房间四周，陷入了思考。这时，背后传来了窸窸窣窣的声音。我寄给叔叔的信从架子上掉下来了。

跟不同的人相遇时，我都会给叔叔写信。但某个日期之后的信件不见踪影，我明白叔叔就是在这之后消失的。我拿起信封，感到有些不对劲，里面夹着一张从未见过的茶色便笺。那是叔叔的字迹，收信人名称处写着我的名字。

千奈美：

你可以把这张便笺的内容看作我的遗言。

直到现在，我依然不能完全认同你的想法。但是，我打从心底羡慕你那份纯真。所以，我决定向你坦白。

我现在要去见她。无论最后结果如何，我都想与那段自欺欺人的日子做一个了断。我承认，虽然我编织了谎言，意图蒙混过关，但我对那个人抱有“爱”的感情，我“爱”她。你的想法不过是理想论。不过，那份不完整却有着一份莫名的说服力。你虽然是仿造品——

“却和真正的人类一样……”

我不知不觉地读出声来。离开那天的我心思纯粹，无所畏惧，只是坚信着可能性。如果叔叔看到现在的我，会说些什么呢？

果然，我必须去那里。

直到半夜为止，我都一直在整理家中物品。整理完毕后，坐在沙发上打开了笔记本电脑。然后，我上传了一张照片，五分钟后，删除。

一个不可能发生的奇迹。如果它实现了，我就别无所求了。

我一边祈祷，一边闭上眼睛。持续了数十年的旅程，让我心情愉悦的同时，也让我感到疲倦，昏昏欲睡。

明天就是最后的时光了。

我的旅程，真的要画上句号了。

side. 伊藤千奈美

2018-06-18

飞机起飞了，比刚刚还在鸣叫的海鸟飞得更高。在飞机缓慢旋转着进入轨道之前，我俯瞰了下面无数的屋顶。人们的身影，变得越来越小。

午后，我坐着摆渡船从小岛出发，从唯一剩下的相机口袋中取出便笺，揣摩着叔叔的遗言。

果然，上次离开那天的决心不过是虚张声势。

我是被别人制造出来的机器，走的每一步都是经过精密计算的。为了迎合人类的喜好，更好地融入人类的生活，一定会有无意识的算计。难道我将别人玩弄于股掌之间了吗？我明明打算真诚地和人类相处，结果却只是将他们当成供自己利用的道具吗？

我发过誓，无论多悲伤我都愿意承受。然而，付出真心就意味着必须接受悲伤，无论是离开的一方还是送别的一方，这份感情都是一样的。

也许，是我亲自选择了对对方而言伤害最深的做法。

在两年半之前，我终于知道自己名字的含义。叔叔对我充满期待，他希望仿造品能和人类并肩前行。当意识到他将这份希冀寄托在我身上的时候，我无言以对了。我对那个不中用的自己心生厌恶，最后放弃了和人类扯上任何关系。

结果，我还是没能与名为爱的感情坦诚相对。

在公园的秋千那里，我和他相遇了。

起初，我只是出于关心向他搭话。他那双无力的眼睛让我很在意，在询问的过程中，我竟然打从心底羡慕他。他的烦恼，是我无论如何都无法触及的。这是因为他有着一份期盼和别人共处的温柔，才会有这样的烦恼。

——你的人生，绝对不是黯淡无光的。

——你可以和任何人，创造出各种未来。你的内心，蕴藏着无限的可能性。

是的，我曾想将这些告诉他。

然而，最终还是无能为力。叔叔的结局在我的脑海里一闪而过，最后我深深地伤害了他，并离开了。

在那之后，已经过了八年。

最后的分别，让我一直后悔至今。我曾无数次许愿，希望时间可以重来。大概因为我的诚意感动了上天，我和他再次相遇了。

每天都只是在记录风景，这样的日子日复一日，最后的两年，我感到非常孤单。

我想让别人知道自己的存在，想排解这份寂寞，于是将照片上传到某个网站。在去年十月左右，我的网站页面上第一次收到了新消息。到底应不应该回信呢？在苦思冥想后，我决定自称Ai，然后讲述自己的理想生活。经过一段时间的互通消息后，我发现对方就是自己在那个时候遇到的男生。

他一直没有忘记。原来将他束缚在过去的人是我，知道这一切后我拼命否定自己。然而，他并没有生气，反而向我道谢。

我无言以对。

我明明觉得他讨厌我，却还是想和他联系，于是就假装成Ai和他交流。这样任性的自己，不禁让我颤抖。

直接向他坦诚道歉就好了啊，我到底在干什么？

我无法忍耐，于是将所有照片都删除了。我再一次背叛了他。

报告准备着陆的广播响起。朦胧的云层渐渐散开，大街的轮廓逐渐变得清晰可见，而且越来越近。

然而，Ai的账号依然存在。

事到如今，我已经没有脸去见他了，一切已经结束了——越是这样想，我就越痛苦。无论走到哪里，他依然在我的脑海中挥之不去。

他会长成什么样子呢？我很期待。我想像一起寻找小鸟那天一样，跟他边走边说话，想正式向他道歉。

忽然，我意识到——

这份感情，也许就是爱。

以前，我也有这样的感觉。幸福，信赖，谎言，悲伤，后悔，一切的一切都汇聚成这个词语。

无论是作为观察者，还是作为仿造品，我都未臻完美。

但是，最后时刻，你可以尝试相信我。

在错误之道的前方，说不定我们会心意相通。

飞机在跑道上滑行，耳边响起了安静的降落声。我回头张望飞机那完成旅途的银色机体，按下快门。

这一定就是最后的小鸟——我这样想着。

2018-06-18

看完小说，早晨已经来临，感觉睡眠不足。我穿上薄外套抬头仰望，天空万里无云，能清晰地看到远处的街景。

我走出检票口，等出发时间到了之后就坐上了新干线。我眺望着窗外，蓝青色的高楼随着列车逐渐加速而远去。这时，Kami给我打了电话。

“大志同学，你出发了吗？”

“嗯，不过千奈美大概要傍晚之后才到。”

我靠在椅子上，闭上了双眼。武田先生说那张照片拍的是傍晚的公园。那个人既是Ai，也是千奈美，她只上传了那张照片，这一定有什么特殊含义。

“这样啊。”

Kami的声音听起来怯生生的，她吞吞吐吐地说：

“虽然事到如今才说这种话不太好，但我们该不会是被糊弄了吧？”

“为什么这样说？”

“你不觉得太巧合了吗？跟大志同学发信息的Ai就是千奈美，千奈美的同学就是我，那张几分钟前删掉的照片正好又被武田先生发现，这种事情可能吗？应该不会有什么阴谋，或是出什么差错了吧？”

“就算在意这种事情也没有用吧。”

“话是这么说……”

我一开始就别无选择。如果在这一刻逃走，一定会后悔一生。

虽然仅有一丝希望，但不知为何我异常冷静。

“不过，跟Kami的相遇的确称得上是奇迹。”

如果Kami没有她的电话号码，那么一切都只是支离破碎的片段。这个渺茫的希望将这一切都串联起来了，我非常感恩。但是，电话那头的Kami发出了不满的声音：

“那如果我不认识千奈美，我们的相遇就称不上是奇迹了，是吧？”

“也不是那样啦……”

“你说得更肯定一点啊。”

“抱歉。”

“不过嘛，是不是奇迹，也许就是一些细微的差别呢。”

Kami轻声笑了笑。

也许正如她所言。

我们现在的状况是无数偶然的重合。应该说，正是因为经历了无数的偶然才造就了现在的我们。因为遇到Kami，听到那首歌曲，以及佐竹小姐和武田先生的出现，我才走到了这一步。当然，也有许多事情是我无从得知的。到底是偶然还是必然，这都取决于自己的想法。

所有事情都是必然的，都是奇迹。把这一切称为命运，大概是最贴切的。

“不管怎么说，能遇到Kami，我很幸运。”

从各种意义上来说，这都是我的真心话。沉默了一会儿后，电话那头传来了“我也是”这三个字，还有她那笨拙的吸气声。

“如果，你见到千奈美……”

穿过隧道后，电车里一片沉寂。旭日高升，我的肩上有一阵暖意。

“帮我跟她说‘我有很多事情想向你道歉，还有，谢谢你。’”

我答应了她。

“麻烦你了。”

Kami像是祈祷般温柔地说完便挂了电话。

三年没回家乡，我感到非常新鲜。车站重新装修了，时刻表变成了液晶屏幕，甜甜圈的店铺也被便利店取而代之。学生们从陌生的大楼里进进出出，我才知道原来是以前的补习班建起了分校。

各种事物都在逐渐改变。

怀念之中带着一点点孤独感，我踏上了回家的路。插上钥匙，打开大门，坐上电梯，走到走廊上的第三道房门前，我深呼吸一口气，平静地打开了那道漆黑而光滑的门。

家里空无一人。我走进自己的房间，这里被打扫得一尘不染。我感受到沉默寡言的妈妈的心意，鼻子酸酸的。

为什么我不能坦率一点呢？

玄关处响起了开门声。妈妈看到门前的鞋子，应该知道我回来了，但我迟迟都没有听到敲门声。她提着超市购物袋，脚步声在客厅消失。我陷入了沉思。

现在的话，不用打照面就可以回去。

这样做的话会轻松不少。我一个人也能生存下去，也不用再次回到这个家。妈妈大概想将做最后选择的权利交到我手里。尽管她已经为我准备好归处，一直等我归来。

我不是她心目中的理想儿子。尽管如此，她还是温柔地接受我，而我一味依赖着这份温柔，只懂得向她撒娇。

当我打开客厅的门后发现——

妈妈正在客厅，将冷冻食品和牛奶放进冰箱。

“欢迎回家，大志。”

我沉默地想着该如何开口时，才惊讶地发现原来妈妈的身材如此娇小。看到她头上的几根银丝，我才意识到时间在我身上留下了痕迹，但它或许会以更快的速度在父母身上也留下痕迹。

我们的亲情还能挽回吗？不仅是失去的这三年，还有从我出生前就开始的感情。我不能再让父母为我操无谓的心了。

“妈妈，我不会再让你操心了。”

“这样啊……”

妈妈温柔地笑着，然后轻轻地握住了我的指尖。

她的手仿佛只剩皮包骨了。

我回到房间，在书桌的最里面拿出信封。信封里装着一张照片，照片上的我与那天一样丝毫没有改变，表情依然有点奇怪。

“我出去一下。”

在我系鞋带时，妈妈走出客厅问道：

“晚饭在这边吃吗？我做你喜欢吃的菜吧。”

“我要吃汉堡肉。”

我一边开门，一边回答。我很想念那个久违的味道。

天空混杂着橘色。我在住宅街上大步流星地走着，几乎要跑起来了。

明明是只走过几次的路，却没有一丝犹豫。

孩子们已经不再来这里玩了吗？公园变得很冷清，沙坑上插着一个标志牌，上面写着附近的游乐设施都已经坏了。坐在秋千上，眼前的风景让我心潮澎湃，我自然而然地闭上了眼睛。

那个时候，我是被原谅了吧。为了在别人心中留一席之地，我坚信自己必须时时刻刻都保持完美。至今的烦恼，都是为了让我意识到那时候的错误而存在的。为了让我正视自己，那些痛楚是必要的。

现在的我，已经充分理解这一切了。

有人踩在草坪上，发出沙沙的声响。这是期盼已久的气息，我充满自信地回头张望。

有一个女生。

她拿着相机伫立着，和那时候的她一模一样。

漫长的岁月过去了，我甚至感觉我们似乎从没分开过，而且自然而然地接受了眼前的状况。不过，还是得做一番自我介绍。

“我是山浦大志。”

她哆嗦了一下之后，也做了自我介绍。

“我是伊藤千奈美。”

“好久不见。”

“好久不见……”

我有点不知所措地举起手，千奈美尴尬地笑了笑。

她一边荡着秋千，一边说着：

“我不是人类，我是为了观察地球上的风景和人类的感情才到处旅行的……”

她低下头，握紧了秋千。

“对于那些研究者来说，人类只是试验品？”

“嗯。”

“这样啊……”

她语出惊人，我却并不诧异。一方面是因为在我身旁的她就是证明那个事实的最好证据，另一方面是我没有兴趣进一步了解她的真实身份。

“那么，Ai果然就是千奈美吗？”

我想知道的是她的内心。她听到我的问题后，依旧看着地面，点点头。

“是的，我就是Ai。”

“那么你为什么要删掉照片呢？如果你知道我就是那时候的那个人，应该告诉我啊。”

“抱歉，我以为你讨厌我了。”

“怎么可能……”

“为什么呢？我对你说了很过分的话，而且还背叛了你两次。我没有资格被你这样温柔以待。”

我神情凝重地抿紧嘴唇。事到如今你在说什么啊？为了能再见你一面，我费了多大的心思。既然今天能在这里重逢，就不需要多加解释了吧。

“那种事情根本无所谓啊。”

“欸？”

“我想和千奈美说话，想再见到你，所以千辛万苦地来到这里。然而，别因为你不能原谅自己，就擅自结束一切啊。”

那时候，一味追求完美的我，大概也和她一样。

“以前那个讨厌千奈美的家伙，让我跟你说：‘过去做了很多伤害你的事情，很抱歉。还有，谢谢你。’你还记得后藤文香吗？那家伙知道你的真面目时，一开始还说很恶心呢。她不顾别人的感受做了那么多任性的事情，现在才来道歉也太自私了吧。”

“后藤同学吗？”

千奈美抬起头，眼睛里透出一点点光芒。

“还有很多人，比起恩人更重视公司的那个人，让病人写书的那个人……数之不尽啊。不过到最后，所有人都只想着自己呢。”

我也绝对不是心中无愧之人。

“但是，所有人都是真实存在的吧？想与别人交流的千奈美，喜欢拍照的千奈美，都是真正的你吧？因为自己是观察者，就觉得背叛了我们——你不要这么轻易地否定自己啊。”

容颜不老，其实不是人类——比起这些，我们身上也有数之不尽的弱点，而且总是不愿意去正视它们。

即便如此，我们还是抱有期待。

期待自己还能做出一些改变。在理想和现实之间徘徊，坚信总有一天会和那个理想中的自己相遇，一边相信着虚无缥缈的未来，一边度过每一天。

“那么，我可以笑吗？”

她的声音在颤抖。

“大家的想法不一定和你一样，一定会有真的讨厌我的人啊。即便如此，我还是可以展露笑容吗？和人类相遇真的很幸福，我可以打从心底这么想吗？”

“可以。”

因为，这种烦恼本身就有价值。

教会我这个道理的人就是千奈美。

“人无完人，你不必在意。而且，就算有讨厌千奈美的人，我还是喜欢你。”

所以，我来到这里了。

所以，你不必感到迷惘。

“无论何时，你就是你，对吧？”

她用手捂着脸，我抱着快崩溃的她。她身上传来甜腻的香气，还有身体的温度，有点温热，像被火光照耀一般温暖。

这的确是千奈美的体温。

就算，那不是属于人类的体温也无所谓。

她把手抚在我的胸膛上。我们的距离近得双唇都快相碰了。她平静地低声呢喃：

“我也喜欢你。”

我欣喜地眯细了眼睛。

然后，我知道了——

她的笑容，就是这样的。

为了不让对方逃走，我们一直紧紧相拥，甚至忘记了时间的流逝。她细长的指尖在我的手臂上打圈，一脸娇羞地想逃离我的怀抱。这时，我问道：

“千奈美，你还有时间吗？”

她明白我的意思，然后平静地点点头。

“嗯，有时间，要做什么呢？”

“我有地方想去。”

我握着她的手站起身来。

“去哪里？”

“很多地方。”

她的眼睛睁得圆圆的。我的记忆回到了初中时代。

太好了，我可以履行那个约定了。

我们一边看着那天的笔记，一边在街上走着。一路上，我们看到了有趣的招牌和奇形怪状的公寓，还有那些不禁让人怀疑有没有认真思考才下笔的潦草字迹，苦笑着谈天说地。

“在那之后，千奈美去了哪里呢？”

“我想想……去了大海，去了山里，以及各种各样的地方。我还在北海道露宿了三周左右呢。”

“有什么趣事吗？”

“嗯，有让我大感惊讶的事情。”

“什么事呢？”

“这是秘密。”

“告诉我嘛。”

“不行，我跟别人约好了。”

“这样啊，那就没办法了。”

“你呢？高中有什么愉快的回忆吗？”

"多少有一些吧。不过，应该都跟Ai说过了。啊……"

"怎么了？"

"有一个女生，忘记说了。"

"啊！"

"很在意？"

"在意啊！"

"不告诉你。"

"欸，等一下，好过分！"

"哈哈哈。"

"别笑了，快告诉我！"

想知道对方的全部，但留给我们的时间太短了。

如果知道这一点，我们大概不会像现在这样嬉笑打闹了。

夕阳落到了河岸两侧的铁桥上，她那双蓝色的眼眸一直眺望着西下的夕阳。秀发缓缓地随风摆动，她现在一定在回忆着至今的人生轨迹吧。我有点不甘心，于是问了一个无聊的问题——

"那个时候，千奈美喜欢上我了吗？"

她的视线依然在摇曳的光芒上，她低语：

"该怎么说呢……"

"你这么说，大概就是不喜欢了吧。"

"真是的，别开我玩笑啊。"

她鼓起了腮帮子。

在我面前的，与其说是一个完成了使命的观察者，不如说是一个天真无邪的女生。

我们一直握紧对方的手，又回到了那个公园。她仰望晚霞，说道：

“到魔法时间了呢。”

夕阳已经西下，天空中混杂着金色，没有影子的风景中光芒四溢。

“我来为你照最后一张照片吧。”

她松开我的手跑到远方，低头调节照相机的背影非常纤细。

“喂，大志。”

“嗯？”

“你真的觉得遇到我很幸运吗？”

我毫不犹豫地回答：

“当然啊。”

“这样啊。”

“为什么要问这个问题？”

“因为我在想，如果我不在了，你是不是又会萎靡不振呢？”

“当然会啊。”

“说得也是呢。”

她后脑勺的头发飘了起来。

“好担心啊。我会不会成为你的绊脚石？”

“真是杞人忧天。”

我说道：

“就算千奈美不在，我也会好好活着。”

“你这么说，我也有点不甘心呢。”

她有点不服气地看着我。

她的表情蕴含了许多感情——悲伤，放心，不安，喜悦，一切都平等地排列着。那是无法用任何一个特定词语形容的表情，但我被她深深地吸引着。

好美。

我情不自禁地笑了出来。

不能流泪，我一定要笑着注视她，直到最后。

“差不多到时间了。”

她安静地将食指放在快门键上，脸藏在了照相机后面。我只是笔直地凝视着镜头。那个彩虹色的镜头，忽然唤起了让人怀念的记忆。风景和心情如此鲜明，与那天一样的心潮澎湃之情再次涌起。

她也是同样的心情吧。我知道镜头后面的她，一定露出了笑脸。

“你真的长大了呢。”

我已经做好心理准备。

之后，我一定也会想起她。

行走在街道上的时候也好。

仰望天空的时候也好。

想着寻死的时候也好。

喜欢上别人的时候也好。

然后，在某天迎来生命终结的时候也好。

那个已经消失了的她，如影随形般出现在我的生命中。“这样真的好吗？”“我认为不是那样的。”“不要因为这种事情就寻死啊！”诸如此类的话会脱口而出。侵入我内心的空虚，紧抓住我的手腕不放，意图随意地掌控我的人生。

这是诅咒。

大概是穷尽一生也无法解开的诅咒。

但是，如果以这种方式就能感觉到她在我身边，也无所谓了。

反正到最后，做出决定的人是我。只要把这份迷茫当作生命中的一部分，继续前进就好了。那个时候，她在我的生命中出现过，只要时时刻刻都能回想起这个事实就可以了。

失去的时候也好，改变的时候也好，或是一成不变的时候也好，她都一直在我身边。

这样的话，就不会感到孤独了。

不对，这是骗人的。

果然还是会寂寞。

“千奈美。”

“嗯？”

她的轮廓渐渐模糊。

我害怕自己的心意没有真正传达给她，于是高声呼喊：

“我爱你。”

眼前变成白茫茫的一片。

在光芒中，我听到了一个温柔的声音。

“我也爱你。”

那道闪光久未散去，甚至让我觉得它会就这样一直不消失。

空中亮起了彩虹色，等到我的眼睛逐渐适应的时候，她的身影已经消失了。

取而代之的是掉在地上的一个信封。我取出里面的照片，照片上的我在笑着。

我翻过背面，那里果然写着一行字。

谢谢你。

上面只写了短短的三个字。

个体No.06742311-2 回收。
数据传送完毕。
学习数据回收完毕。
躯体在C-18区域作废弃处理。

……
……
……

来自个体No.06742311-1。
留给个体No.06742311-2的残留信息。是否显示?

Y/N

显示信息。

“千奈美，我提交了将你的意识传送到活体上的申请。你的调查任务已经结束了，所以这算是一个小礼物吧。此举完全是个人的请求，所以可能不会获批。但是，你忠心耿耿地在这个不被重视的星球完成了任务。我没有料到，聪明的研究者居然会不懂‘爱’这种低级的感情。如果你能收到这条信息，就证明我的想法没错。恭喜你。”

赞同这条信息吗?

Y/N

请输入供活体机体使用的模型数据。但是，数据有重量限制。

输入完毕。

个体No.06742311-2，标准数据样品化已成功。
进行AI本体神经元格式化。
格式化完成。
个体No.06742311-2，正在构建复制数据的传送路径。

2022-03-21

午后的咖啡馆，人烟稀少，我啜了一口已经凉了的咖啡，视线没有离开镜头列表和笔记本电脑。过了十来分钟，响起尖锐的脚步声，而且在我的面前戛然而止。

“啊，久等啦！”

Kami举起手。她穿着长外套和高腰短裙。她的穿衣偏好和以前一样。

“太晚了，是你叫我来的吧？我也很忙啊。”

“抱歉抱歉，塞车嘛。不过啊，居然说约在电视台旁边的咖啡馆见面就可以，大志同学也变厉害了嘛。”

“就是因为不厉害才约在这种地方见面吧。”

“啊哈哈，言之有理。你现在在做什么工作？”

“纪录片的拍摄助理。出演谈判什么的很棘手啊。”

毕业一年后，我进了电视台工作。虽然有很多莫名其妙的地方，但我并不讨厌，工薪阶层的生活真不错。

“真的吗？那个对别人漠不关心的男人居然——”

“真啰唆。”

这种平淡无奇的交谈让我心生怀念。Kami喝了一口冰茶，若有所思地眺望窗外。寒冬已过，嫩芽发青。

“我们多久没见面了？”

“大概有三年了吧。”

毕业后，我们自然而然地失去了联系，也许这是一种规律吧。我以我的方式，她以她的方式，走在自己的人生道路上。

“那你今天来找我，是有什么事吗？”

我再次问她。她特意喊我出来，一定是有什么事。

“啊……那个，你听了不要太吃惊。”

“嗯。”

“我要结婚了。”

“欸？”

我情不自禁地大喊。店里的人都齐刷刷地把目光投射在我身上。我耸了耸肩，她看着我笑。

“真的吗？”

“真的啊。”

“对方是什么人？”

“比我大两岁的前辈，我们在同一家公司工作。”

“是帅哥吗？”

“普通人。不高不矮，兴趣是看漫画，没什么特别的。”

“你不会又在骗我吧？”

“没有骗你啦！”

她怒气冲冲地掐着我的脸颊。我一边道歉，一边揉着脸颊，想说的话缓缓涌上心头。

是吗？那个Kami终于……

“所以，你来喝我的喜酒吧。我唯一想亲口告知这个消息的人，只有大志同学。”

她一脸娇羞地低下头。我内心泛起一阵暖意。

“嗯。我也想见见你的朋友。”

“的确是呢！不过，大家都处于情感细腻的时期啊。”

她捂嘴笑着。看着她的样子，我打从心底觉得她很幸福，这种幸福感自然而然地传达给我了。

“Kami，恭喜你。”

“嗯，谢谢。”

她撑着下巴，露出了幸福的微笑。

接下来，Kami要去商量结婚典礼的事情，我们便一起走到电视台门口才分开。

“大志同学最近怎样？有女朋友了吗？”

“还没有。”

“‘还’是什么意思啊，你在炫耀什么呀？”

“要你管。”

“什么嘛，不过你也要赶紧结婚，不然好女孩都被抢走了。”

“因为自己要结婚了就说这种话……啊……”

大街上的显示器正播放着动画电影的预告，是那部小说的动画版。

“对了，这周要进行地上波放送呢。（**注：地上波是指通过地面天线传播的电波。**）”

“嗯，星期五晚上九点。”

动画电影描绘了两位少女的动人日常，我在电影院观看了。电影似乎受到了男女老少的欢迎，是一部优秀的作品。

“真有点不可思议呢，其中一位女主角就是千奈美吧？”

“是啊。”

不为人知的千奈美。

有点特别的她。

她在这世上生存过的痕迹，散落在各处，在我心中，也在Kami心中。

“嗯？”

似曾相识的色彩映入眼帘，我的视线被街灯吸引了。

街灯上伫立着一只小鸟。它并不是在俯视地面，也不是在寻找饵食，只是直勾勾地盯着显示屏上播放的动画片段。这是那一天，我和她一起寻找的那只鸟儿，在大街上看到它真是稀奇。

小家伙转动脖子，看到我后就眨着眼睛。我和它四目相对的时间只有短短几秒，却不知为何有一种心意相通的感觉。它在路灯上抖动翅膀，笔直地向着我飞来，然后围绕着我转圈，越飞越高。它奋力拍打着那小小的翅膀，飞到了高空中。

“怎么了？”

Kami回过神，抬头仰望。但是上方除了一望无际的蓝天外，空无一物。

“没事。”

我笑着抬起头，久久地仰望遥远的彼岸，忘记了时间的流逝。

那只小鸟，和那天看到的只有一处不同。

它的尾部中央，有一根橘色的羽毛。

图书在版编目（CIP）数据

仿造品和绚丽多彩的灰 /（日）loundraw著；miyuki译. -- 北京：新星出版社, 2019.12（2023.5重印）
ISBN 978-7-5133-3848-6
Ⅰ.①仿… Ⅱ.①l… ②m… Ⅲ.①长篇小说—日本—现代 Ⅳ.①I313.45
中国版本图书馆CIP数据核字（2019）第244695号

本书为引进版图书，为最大限度保留原作特色，尊重原作者写作习惯，酌情保留了部分外来词汇。特此说明。

仿造品和绚丽多彩的灰

［日］loundraw 著；miyuki 译

责任编辑：汪　欣
特约编辑：黄嘉丽
责任印制：李珊珊
装帧设计：何晓静

出版发行：新星出版社
出 版 人：马汝军
社　　址：北京市西城区车公庄大街丙 3 号楼　100044
网　　址：www.newstarpress.com
电　　话：010-88310888
传　　真：010-65270449
法律顾问：北京市岳成律师事务所

读者服务：010-88310811　service@newstarpress.com
邮购地址：北京市西城区车公庄大街丙 3 号楼　100044

印　　刷：凸版艺彩（东莞）印刷有限公司
开　　本：890mm × 1240mm　1/32
印　　张：7
字　　数：150千字
版　　次：2019年 12月第一版　2023年5月第三次印刷
书　　号：ISBN 978-7-5133-3848-6
定　　价：42.00元